어쩌면
어쩌면
어쩌면

한 그루의 나무가 모여 푸른 숲을 이루 듯이
청림의 책들은 삶을 풍요롭게 합니다.

어쩌면,
어쩌면,
어쩌면.

글 쓰고
그림 그린이.
박광수.

프롤로그
Prologue

누구나 대부분 세상을 살아가면서
많은 것들에 대하여 막연한 기대감을
가져본 적이 있을 것이다.

사람에 대한 기대가 가장 많았을 것이고, 아직 다가오지 않은 시간에 대한 기대도 있었을 것이며, 새로운 어떤 것들에 대한 기대도 분명 있었을 것이다.

그 사람은 어떨까? 내일은 어떨까?

날씨는 맑을지, 꽃은 언제 필지, 첫눈이 오늘쯤에는 내리지 않을까 하는 기대.

살면서 골백번도 넘게 구입했지만 단 한 번 당첨된 일이 없는 복권이 당첨되면 당첨금으로 무엇을 할지 부푼 마음으로 미래를 그려보기도 했고,

시간이 많이 지나 유년 시절의 옛 동네를 거닐며 그리워했던 옛사랑의 집 앞에서 서성이다 우연을 가장해 마주칠 수 있을지도 모른다는 헛된 기대감을 가지기도 했다.

살아보니 그중 대부분의 일들이 내 기대감과는 달리 헛되고도 헛된 것들이었다.

내 바람과는 달리 소원한 것 중 이루어진 것들은 아주 소소하고 불필요한 것들이 대부분이었다. 복권을 만 원어치를 사면 가끔 오천 원에 당첨되는 것이 고작이었고, 기대감에 옛 동네를 거닐면 마주치기 싫었던 사람을 만나기 일쑤였다.

첫눈이 오면 첫사랑과 덕수궁 석조전 앞에서 만나기로 한 약속을
아직도 잊지 못한 못난 나는 서둘러 덕수궁 석조전을 찾지만,
그곳에는 언제나 혼자뿐인 나, 그리고 나와 동반한 내 그리움뿐이었다.
그러기를 아주 오랜 시간 동안 해왔다. 그러면서 많은 것들을 포기했거나 혹은
포기해야만 하는 것들에 대하여 시간이라는 스승을 통해 배웠다.
아무리 기원해도 다시는 돌아오지 않을 것들에 대해서 포기하는 법을 배웠고,
어리석은 짓을 반복하며 같은 것을 두 번, 세 번 잃지 않는 법을 배웠다.

나이가 들면 기대가 작아진다.
사람에 대한 기대도 작아지고, 내일에 대한 기대도 작아지고,
심지어 날씨에 대한 기대마저 작아진다.
흐리면 흐린 대로, 비가 오면 비가 오는 대로, 눈이 오면 눈이 오는 대로 그 길을 걷는다.
안 갈 것도 아니고 어차피 가야 하는 길이라면 날씨가 뭐가 중요하냐는 생각도 있지만
나이가 들어 기대감이 작아지니 시시비비를 가리는 일도 적어진다.
비가 오는 날에는 꽃잎에 맺힌 물방울이 아름답고, 눈이 오면 장독대에 쌓인
눈이 보기 좋으며, 맑은 날에는 밤하늘의 별이 아름다울 것이다.
그렇게 이제는 순응을 배워나가는 중이다.

그럼에도 딱 한가지는 있다.

내가 순응하기도 싫고, 아직도 줄기차게 기대감을 가지고 살아가는 것이.

어린 시절 수유리에 살던 나는 온 동네 골목을 뛰어다니던 번잡스런 아이였는데,

해가 기울어서 내가 뛰어 다니던 골목 골목을 어둠이 점령하고 집들마다 켜켜이

불이 켜지면 엄마가 대문 밖으로 나오셔서 큰 소리로 내 이름을 불렀다.

어둠이 내 정강이쯤 찰 때 엄마가 날 부르는 이유는 밥때가 되었다는 신호였다.

어둠을 간신히 뚫고 엄마 앞에 당도하면 엄마는 이미 더러워질 대로 더러워진 나를

언제나 환한 웃음으로 꼭 안아주셨다. 그리고 나를 식탁으로 데리고 가기 전에

화장실에 들러서 나를 씻겨주셨다. 엄마가 내 코에 엄지와 검지를 대고 "킁!"이라고

말하면 조금의 망설임도 없이 나는 엄마의 말에 따라 "킁!" 하며 코를 풀었고,

당연하게 엄마 손에는 내 누런 코가 가득했다.

엄마는 내 더러운 누런 코를 보며 "아이고 씩씩해라" 라며 대견스러워 하셨다.

아무리 생각해도 지금이나 그때도 나는 분명 대견스런 아이가 아니었음에도 말이다.

엄마에 의해 깨끗해진 나는 비로소 식탁에 앉을 수 있었다.

그때도 그랬지만 지금 생각해도 맛있고 맛있는 음식이었다.

미슐랭에 별을 오백 개 받은 음식점도 엄마의 음식보다는 못할 것이다.

시간이 지나고 그리움이 더해져서 불어난 과장이 아니다. 적어도 다른 누군가에도

그랬으며 나에게는 세상의 어떤 음식보다도 맛있었던 것이 엄마의 음식이었다.

그랬던 엄마가 몇 해 전에 병원에서 치매를 판정을 받으시고, 자신의 기억을 조금씩 지워내기 시작하셨다. 처음에는 자식들의 이름을 깜박깜박 하시더니, 어느 시점부터는 세안하시고 이 닦는 방법마저도 잊으셨다. 그러니 음식을 만든다는 일은 아예 불가능한 일이 되어버렸다. 국을 끓이면 소금 넣은 것을 잊으시고 몇 번이나 다시 넣기를 반복하여 소금국을 만드시거나, 가스 불을 켠 것을 잊고 계셔서 솥을 까맣게 태워버리셨다. 이제 엄마는 자신의 거의 모든 기억을 지워내시고 그렇게 사랑하고 걱정거리였던 아들조차 기억을 못하신다.

벌써 엄마가 병석에 누우신 지 3년 이상 흘렀건만 아부지를 중심으로 온 가족이 둘러앉아 같이 저녁을 먹던 날이 바로 어제만 같다. 내게 그런 그리운 날은 다시 돌아오지 않을 거라고 마음을 돌려세워도 보지만, 엄마가 다시 좋아지셔서 예전처럼 밝게 웃으시면서 나를 안아주시리라는 기대감과 예전처럼 가족들 모두가 식탁에 앉아 엄마가 만들어주신 음식을 먹을 수 있는 날이 오리라는 희망과 기대감은 아직 버리지 못하고 산다.

가깝게는 오늘밤 꿈속에서라도
먼저 그랬으면 좋겠다.
꿈결밖에 길이 없다면.
어쩌면,
어쩌면,
어쩌면.

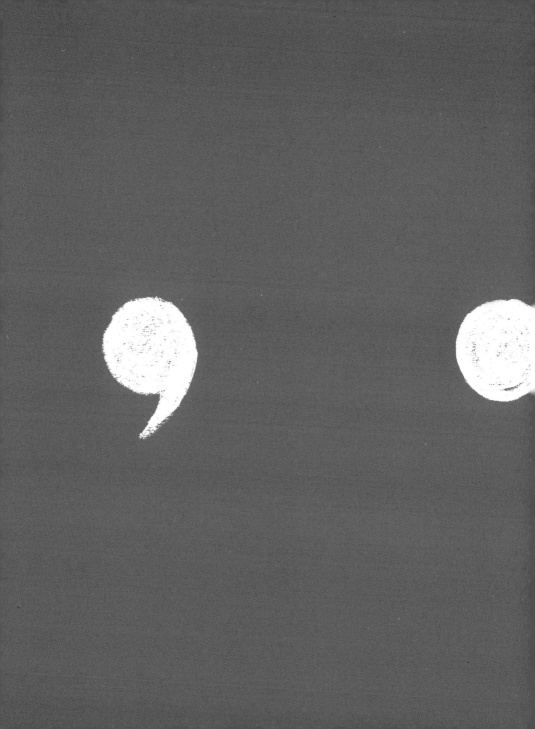

Contents

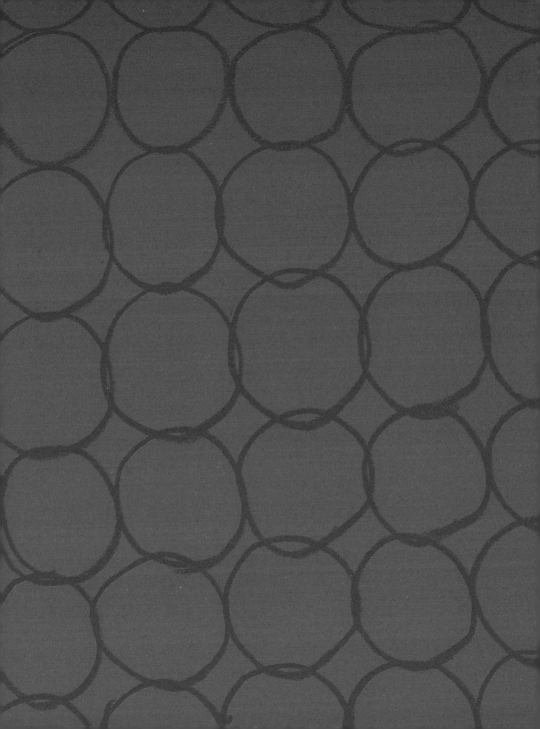

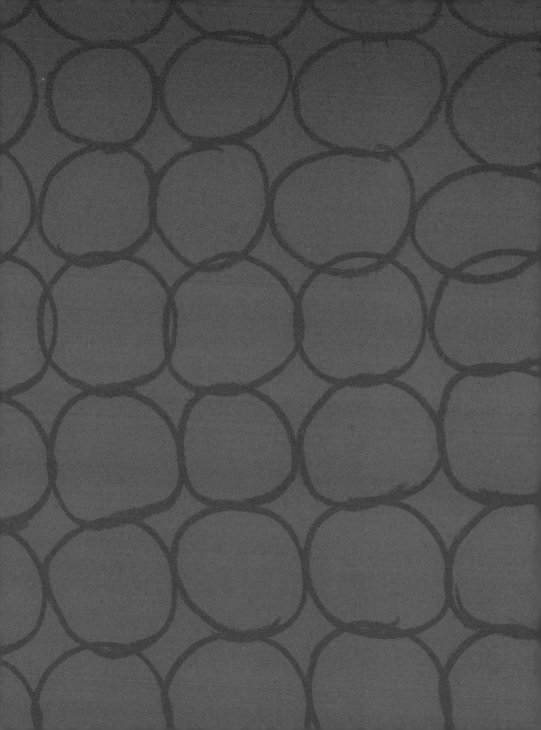

자신의 상자에
어떤 것들이 있을지는
아무도 몰라.
어떤 날은
상자를 열면 꽃들이
지천으로 피어나고,
또 어떤 날은
태풍이 불지.

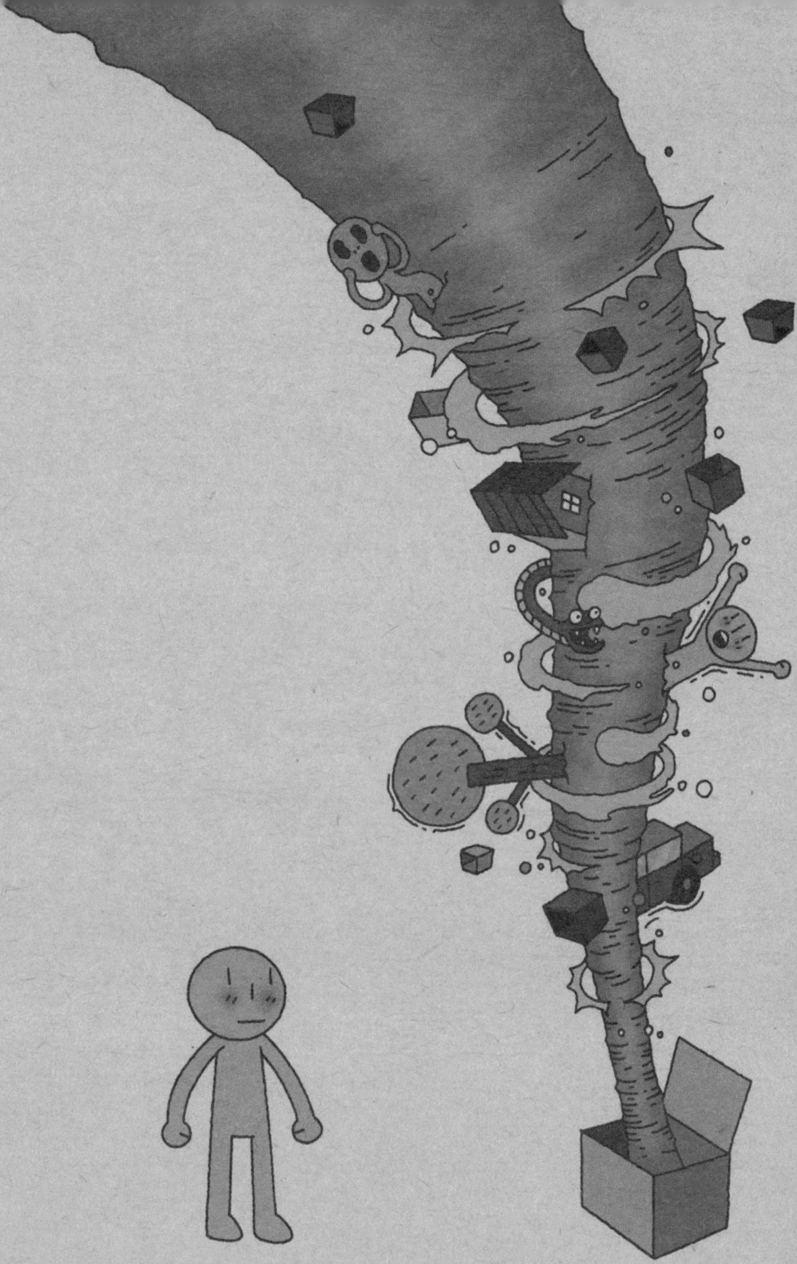

상자를 열었을 때,
무엇이 들어 있어도 자신 외에는
그 누구도 원망해서는 안돼.
왜냐하면 그 상자에서 자라난
모든 것들은 스스로 뿌린
씨앗들의 열매니까.

1

나,
그대로의,
나.

깡통 캔디 안에는 보라색의 포도맛, 붉은색의 딸기 맛,
노란색의 바나나맛, 하얀색의 사과맛 등의 사탕들이
섞여서 들어 있습니다. 그중 제가 가장 좋아하는 사탕은
하얀색의 사과맛 사탕입니다.
전 늘 하얀색의 사과맛 사탕만을 먹고 싶지만,
깡통을 흔들어서 나오는 사탕은 번번이 다른 색 사탕입니다.
생각해 보니, 깡통 캔디는 우리네 인생과 참 닮아 있습니다.
수많은 다양한 삶이 존재하고, 자신이 원하는 대로만
살기란 쉽지 않은 것처럼 말입니다.
다른 색의 사탕이 나왔다고 낙담할 필요는 없습니다.
낙담하기보다는 지금 이 순간 내 손에 들려진 사탕의 맛을
음미할 것입니다. 그렇게 느긋하게 기다리다 보면
제가 원하는 하얀색 사과맛 사탕도
언젠가는 나올 것입니다. 제 인생도
그렇게 서두르지 않고 천천히
음미하며 살아갈 겁니다.

괜찮아요.

—

땅이 작아도 괜찮아,
하늘이 넓으면 돼.
집이 작아도 괜찮아,
이불만 포근하면 돼.
소주에 김치 한 조각이어도 괜찮아,
우정을 나눌 친구와 함께이면 돼.
시골길이어도 괜찮아,
길 옆에 핀 작은 꽃 한 송이면 돼.
꿈이 작아도 괜찮아,
행복이 크면 돼.

괜찮아, 모든 것이 괜찮아.
그냥 네가 가진 것을 사랑하면 돼.

답을 알고 있었던 물음들.

–

나는 그가 혹시 진실을 말하지
않기를 바랐던 것은 아닐까?
살면서 묻지 말았어야 하는 것들이 있건만
그만 묻고 말았다.

영락없이 돌아온 답은
내가 바라던 것이 아니었다.
처음부터 알고 있었던 사실들.
결국 나는 그때 당신이 했던 말 중
내게 필요한 부분만 잘라 왔다.

답을 알고 있었던 물음들.
처음부터 묻지 않았어야 할 물음들.

자신 스스로에게
던지는 올바른 질문이
자신의 삶을 바꾸는
인생의 단초가 된다.
당신은 당신 스스로에게
올바른 질문을 던지고
있는가?

아무것도 노력하며 살지 말 것.

–

착해 보이려고 노력할 필요 없어.

행복해 보이려고 노력할 필요 없어.

눈물을 애써 참으려고 노력할 필요 없어.

젊어 보이려고 노력할 필요 없어.

아프지 않고 강해 보이려고 노력할 필요 없어.

똑똑해 보이려고 노력할 필요 없어.

늙으면 늙는 대로,

착하든 착하지 않든 내 성격대로,

눈물이 나면 흐르는 대로,

아프면 아픈 대로,

모르면 모르는 대로.

삶은 증명하는 것이 아니니

아무것도 증명할 필요 없어.

세상 사람들은 리미티드 에디션 혹은
한정판 제품에 열광합니다.
그래서 내용물은 같을지라도 더 비싼
값을 치르고 소유하고 싶어 합니다.
그런데 곰곰이 생각해보면
지구에 살고 있는 우리 모두가
한정판이며 리미티드 에디션입니다.
그것도 수십, 수천 개가 생산된 것이 아닌,
세상에 단 하나뿐인 존재입니다.
그러니 우리는 우리들 스스로 자존감을
가져도 될겁니다. 세상에 단
하나뿐인 귀하고 귀한 존재가 바로
당신이니 말입니다.

거울을 보며.

—

거울을 보며 가끔 생각해
내 안에는 무엇이 있을까?
좌절이 조금,
분노가 조금,
슬픔이 조금,
두려움이 조금.

그렇게 조금밖에 없다고 믿는 것들이
나를 가득 채우고 있는 것은 아닐까?
조금이지만 나쁜 것들이 나를 채우며
내 삶을 점령하고 있는 건 아닐까?

결국
그런 두려움까지 조금.

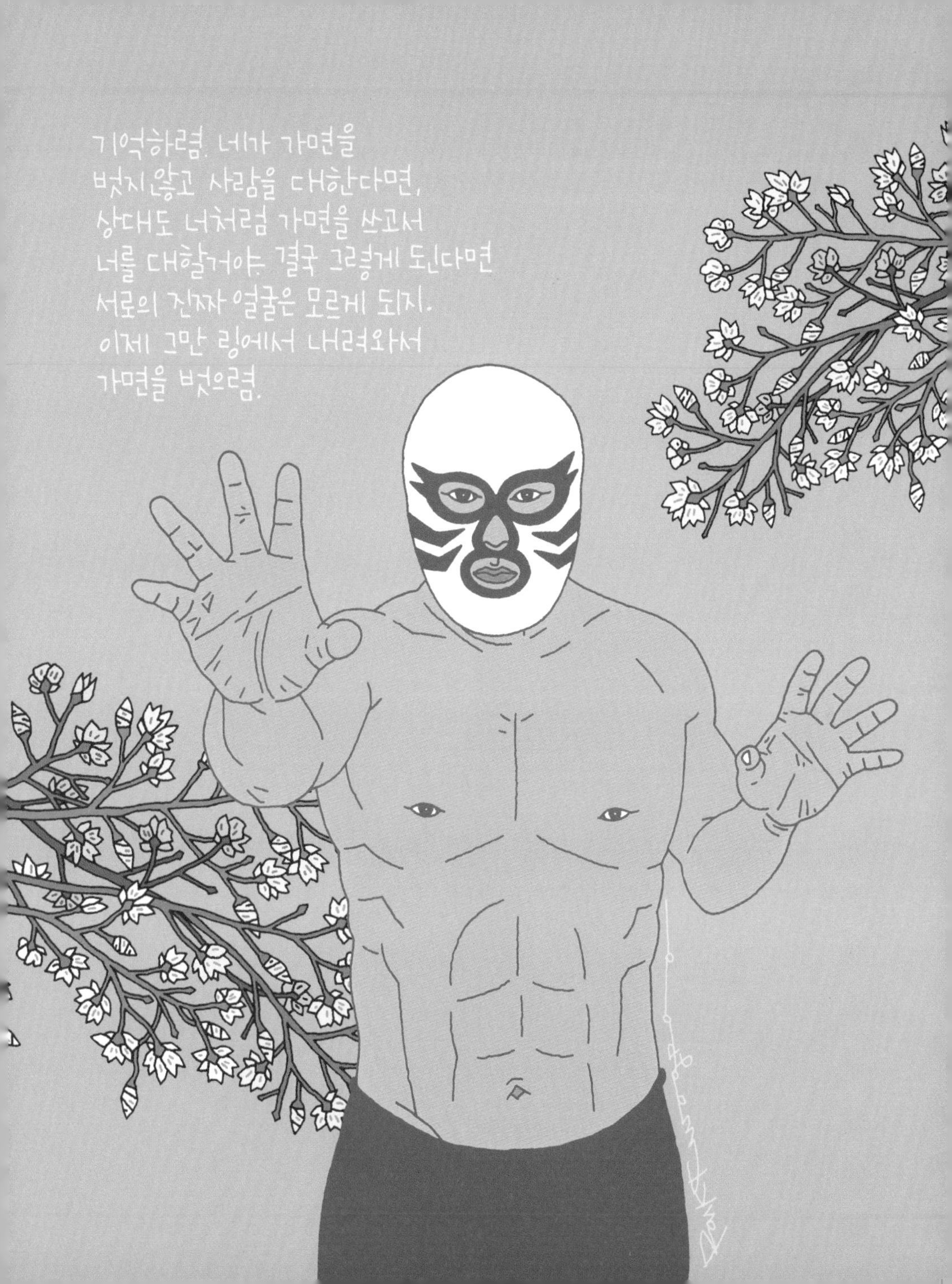
기억하렴. 네가 가면을
벗지않고 사람을 대한다면,
상대도 너처럼 가면을 쓰고서
너를 대할거야. 결국 그렇게 된다면
서로의 진짜 얼굴은 모르게 되지.
이제 그만 링에서 내려와서
가면을 벗으렴.

아무에게도
조언하지 마라.
하지만 타인에게
조언하듯이 내 삶을
살아라.

젊음이라는 이름의 화살.

–

직장에 다니는 내 친구가 내게 말했다.
자신은 아직까지 늙지 않았고 동년배들보다 젊게 산다고
자부해왔는데 요즘은 자신이 늙었다는 것을 알려주는
두 가지의 신호가 회식자리에 있다는 것이다.
첫 번째 신호는 자기 앞자리에 앉은 직원에게 술을 따라주면
부하 직원이 두 손으로 술을 받아서 몸을 돌려 마신다는 것이고,
두 번째 신호는 다들 삼삼오오 2차를 가는데
자신만이 2차 회식 장소가 어딘지 모른다는 것이다.
그래서 자신은 1차만 끝나면 쓸쓸히 집으로 돌아온다고 말했다.
그렇게 말하면서 자신은 아직도 젊고, 젊은 부하 직원들과 어울려도
여러 면에서 그다지 뒤떨어지지 않다고 생각해왔는데
현실은 그렇지 않다고 속상해했다.
나도 그와 비슷한 처지라 그냥 씁쓸하게 웃고 말았지만
늙는 것이 서러운지 별것도 아닌 일들이 우리에게 상처로 남는구나
생각하니 서러움 비슷한 통증이 가슴을 죄어왔다.
사람들은 다 늙는다.
젊음은 누군가의 말처럼 화살처럼 빠르게 지나가버린다.
내가 그리고 내 친구가 젊은 그들과 같이 호흡하며 즐겁게
함께 살아가기 위해서는 입을 다물어야 한다. 잔소리를 줄이고
되도 않는 교훈 따위를 설파하려고 해서는 안 된다.
대신 당신 인생을 돌보라.

고민이 될 거야.
이곳에만 있으면
때 되면 물주고, 밥주고
편하니까 말이야.
넌 그저 때때로 울어
주기만 하면 되니까 말이야.
그런데 궁금하지 않니?
너의 날갯짓으로 니가 어디까지
갈수 있는지 말이야.
잊지 말렴. 넌 처음부터
날기위해 태어난
존재란걸.

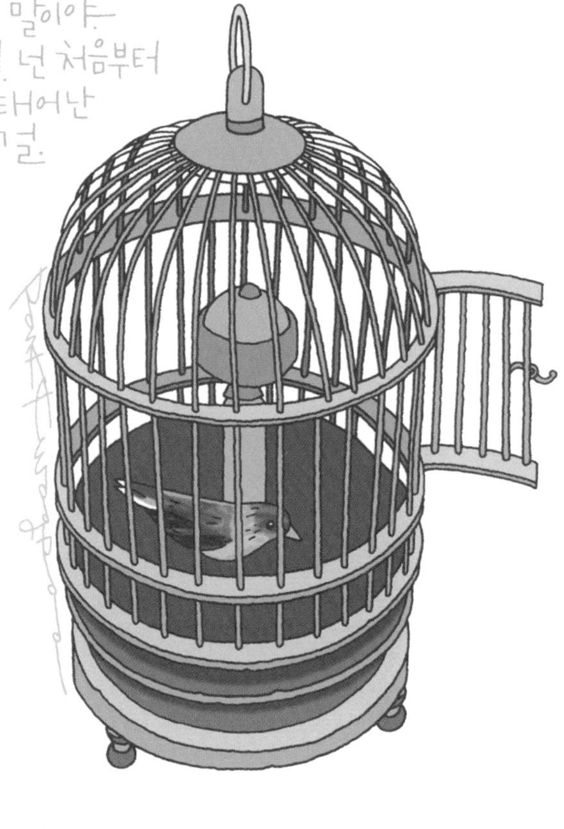

술래의 특권.

_

어린 시절 숨바꼭질 놀이에서 술래가 되어
숨은 친구들 하나도 찾지 않고 집으로 돌아간 적이 있다.
아이들은 내가 찾지 못하는, 찾지 않는 곳에 머리를 박고
숨을 참으며 숨어 있었고, 그 시각에 나는 집에서 엄마의 따뜻한
밥을 먹고 있었더랬다. 그때 나는 알았다.
술래는 유령처럼 어디든 갈 수 있다는 것을.

나는 한 번 더 술래가 되고 싶다.
어디든 갈 수 있는 술래가 되어 너를
찾으러 가고 싶다.

도달할 수 없는
높은 지점을 목표로 삼고
뛰지 마라. 그럼 쉽게
지치는 법이다.
그저 다음 한 발만 생각하며
성실히 내딛어라. 그렇게
성실히 가다 보면, 내 앞에
네가 처음 바라보았던
그곳이 있을 것이다.

매일이 모이면.

–

위층에 사는 소녀는
매일 학교가 끝나면
집으로 돌아와서 피아노를 쳐요.
어찌나 서툰지 아래층에서 듣는 나는
검사관 같아요.
매일매일 연습하지만,
매일매일 늘진 않아요.
하지만 검사관이 몰라도 소녀는 조금씩
아주 조금씩 좋아질 거예요.

오랜만에 만난
친구의 아들이 시간을 건너
훌쩍 커버렸다고 느끼는 것처럼,
매일매일이 모여서 어느 날엔
많이 자랐다고 느끼는 거예요.
소녀의 피아노 소리를 들으며
글을 쓰는 것을 좋아해요.
매일매일 써도.
매일매일 서툴어도.

아픈 것은
아프다고 말하자.
무서운 것은
무섭다고 말하자.
힘든 것은
힘들다고 말하자.
세상 사람들은 속일지라도
내 자신에게만은
솔직하자.—

나의 오장육부.

—

시를 싼다.

시를 먹은 날은

어김없이 시 한 두 줄을 싼다.

내 오장육부는 직렬구조라

시를 먹으면 채 소화도 되기 전

시를 싼다.

칭찬을 먹으면

칭찬을 싸고,

욕을 먹은 날은

어김없이 욕을 싼다.

내 오장육부는

직렬구조라.

세상이 불이고
내가 칼이라면,
내가 지면
나는 녹아서 없어질 것이고
내가 이겨낸다면
나는 더 강한 칼이 될 거야.

오늘의 날씨.

–

하루 한날에도
비가 왔다가 바람도 불다가
눈보라가 치고 천둥이 칩니다.
어느새 날이 개었다가
또 비가 오고 우박이 쏟아집니다.
맑은 날보다 흐린 날이 많고
하루에도 수천 번씩 알 수 없는
일기(日氣)가 계속됩니다.

이것은 우리의 마음속입니다.
파란 하늘에 단 몇 초 안에 먹구름을
가득 몰고 올 수 있는 우리 마음속 날씨입니다.

정신을 가다듬고 마음을 다스리면
마음속의 날씨는 대부분은 화창한 날입니다.
우리가 사는 세상의 날씨는 우리가 조율할 수 없지만,
내 마음의 날씨는 오직 나만이 조율할 수 있습니다.
마음의 날씨가 화창하면 실제 우리가 사는 세상의
날씨는 그리 중요하지 않습니다.
비가 오나, 눈이 오나, 천둥이 치나
내 마음은 늘 화창한 날을 사니까요.

길을
따라가지 말고
마음을 따라가렴.
진짜 길은 오직
그 길뿐이란다.

세상을 살면서
사람들은 누구나 실수를
한다.
!
실수
실수
!

같은 실수에도
누군가는 자신의
실수를 감추기에 바쁘고,
또 누군가는 실수를
통해서 내면의 키가
한 뼘쯤 자라나기도
한다.
....
실수
실수

수중에 돈이 있어서 좋은 이유는,
돈이 있음으로 내가 할 수 있는 것을
해서 좋다기보다는, 돈이 있음으로
내가 하고 싶지 않은 일들을 하지
않을 수 있기 때문이다.
그러므로 내게 있어서 돈은
자유를 의미한다.

나머지 하나.

_

세상을 살며 사람을 만나며 내가 신기하게 느끼는 것이 있다.
그것은 사람들이 꼭 무언가 하나씩은 결핍이 있다는 것이다.
학식이 높고 겸손함을 지닌 사람은 지지리 궁상으로 돈이 없거나,
돈 있고 학식도 넘치는데 싸가지가 바가지라 겸손함이 없거나,
돈 있고 학식도 넘치고 심지어는 겸손하기까지 한데 로봇의 차가운
심장을 가졌거나, 돈 있고 겸손하고 마음도 따뜻한데 주변 사람들을
당혹케 할 만큼 학식과는 담을 쌓고 사는 무식한 사람이거나.

혹자는 이야기한다.
그 정도면 부족한 한 가지를 지니지 않아도 된다고.
돈 있고 학식 넘치는데 겸손 좀 안 떨면 어떠냐고.
돈 있고 학식 넘치고 겸손하기까지 한데 좀 차가우면 어떠냐고.
그 정도 있으면 하나쯤은 없어도 된다고들 한다.
그럴 때마다 난 늘 궁금했다. 여러 조건 중 하나만 모자란 사람들이
그 하나를 안 채우는 걸까, 못 채우는 것일까?
왜 그 나머지 하나를 안 채우고 자신의 지갑만 채우려 들까?

돈도 없고, 학식도 낮고, 겸손함마저도 없고
있는 것이라고는 오직 살뿐인 나는,
그 연유가 궁금해졌다.

아직 발을
한 걸음도 걷지 않은 것만
같은데, 벌써 마흔여섯 해나
걸어왔다. 수고했다.
고생했다.

징.검.다.리.

–

건널 때마다

힘겨워하며

'거지같다, 거지같다'라고 생각했다.

하지만 건너오고 나니

하나하나가 다 보석이었다.

내 인생의

징.검.다.리.들.

기억하렴.
의지만 있다면
너는 어디에든
갈 수 있어.
넌 처음부터
날개를 가지고
태어났으니까.

언제나.

—

화내지 않고

늘 웃는 모습으로

사람들에게 친절하게 대해야지.

나와 마주한 사람이

돈이 있거나

돈이 없거나

지위가 낮거나

지위가 높거나

같은 마음으로 대해야지.

더 바르고 더 정직하게

더 착하고 더 선하게

그렇게 하루하루를

나만이 조종할 수 있는

나를 조종하며 살아야지.

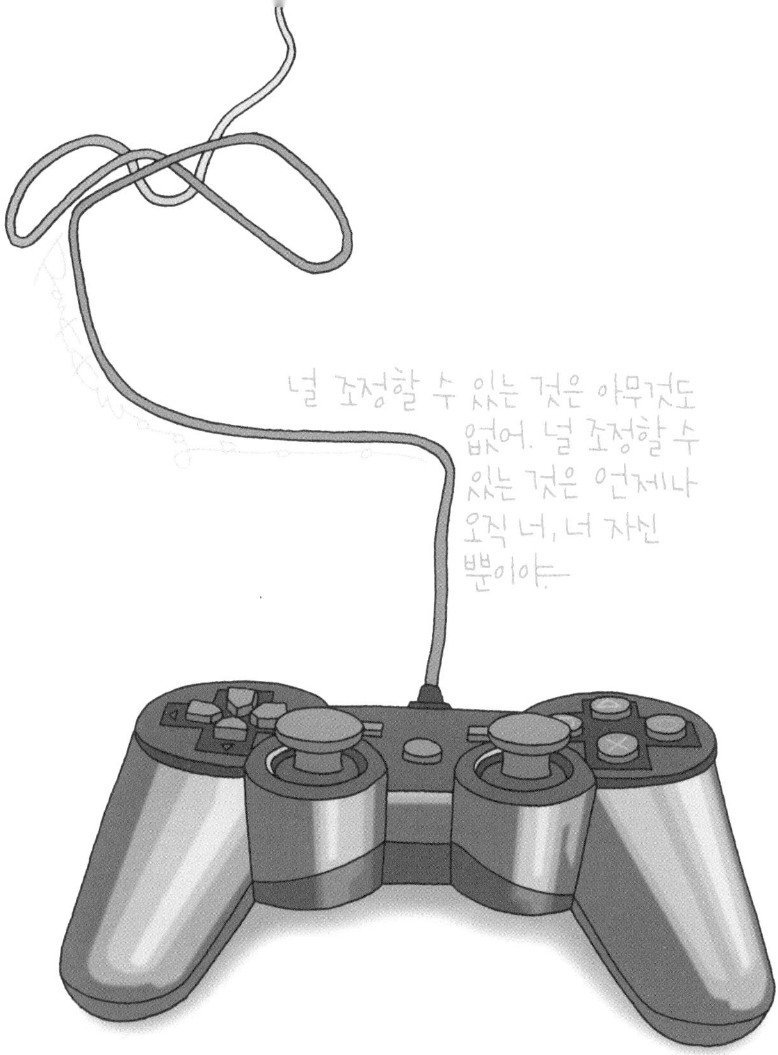
널 조정할 수 있는 것은 아무것도
없어. 널 조정할 수
있는 것은 언제나
오직 너, 너 자신
뿐이야.

쓸데없는 궁금증.

_

어느 사람이 산악인에게 묻는다.
대체 왜 산에 올라가는 거죠?
어느 사람이 재벌에게 묻는다.
그 많은 돈을 어디에다가 쓰실 거죠?
어느 사람이 스님에게 묻는다.
왜 살생을 하면 안 되는 거죠?
어느 사람이 엄마에게 묻는다.
왜 날 낳으신 거죠?

답을 들으면 뭐 할라고?
이미 태어났고, 고기 먹고 있고,
산은 보기만 할 뿐이고, 돈은 없고,
어차피 상관없는 것들을 왜 궁금해 해?
뭐 할라고.

내 길을, 처음 들어보는
여성의 음성인 내비게이션에
의지하지 마라.
누군가에게 의지하며 찾아간 곳은
혼자서는 절대 다시 찾아갈 수 없는 법이다.
자신을 믿고, 차창 밖을 보며 운전하라.
차창의 풍경만큼이나
더 명확한 길은 없다.

자신 보다
나은 사람으로
살려고 하지 말 것.
오직 자신으로만
살 것. 그러기
위해서는 스스로를
알 것.

꽃의 마음으로.

_

꽃이 되어보지 못하면
꽃을 피우기 위해서
꽃이 얼마나 애쓰는지 모르고,
바람이 되어보지 못하면
바람이 어떤 마음으로 그 높은
산까지 치닫는지 모른다.
꽃은 가끔 바람에 기대어 살기도 하고
그 바람에 꽃씨를 날려 보내기도 하지만
꽃과 바람은 서로 다른 존재이다.
꽃은 꽃의 마음으로 살아야 하고
바람은 바람의 마음으로 살아야 한다.

세상에서 가장 소중한 나.

–

어디에서
어떤 상황이라도
늘 잊지 말고 마음속으로
혹은 입 밖으로 열 번씩 외쳐.
내가 제일 예쁘다.
내가 제일 예쁘다.
내가 제일 예쁘다.
내가 제일 예쁘다.
내가 제일 예쁘다.
내가 제일 예쁘다.
내가 제일 예쁘다.
내가 제일 예쁘다.
내가 제일 예쁘다.
내가 제일 예쁘다.

겉모습도 마음도
세상에서 내가 가장 예쁘고 소중하다고,
잊지 말고 늘 자신에게 말해.

내 인생의
주인공은 바로 나.
내 인생의
구경꾼들로 인해
내 인생이 흔들릴
필요는 없어.

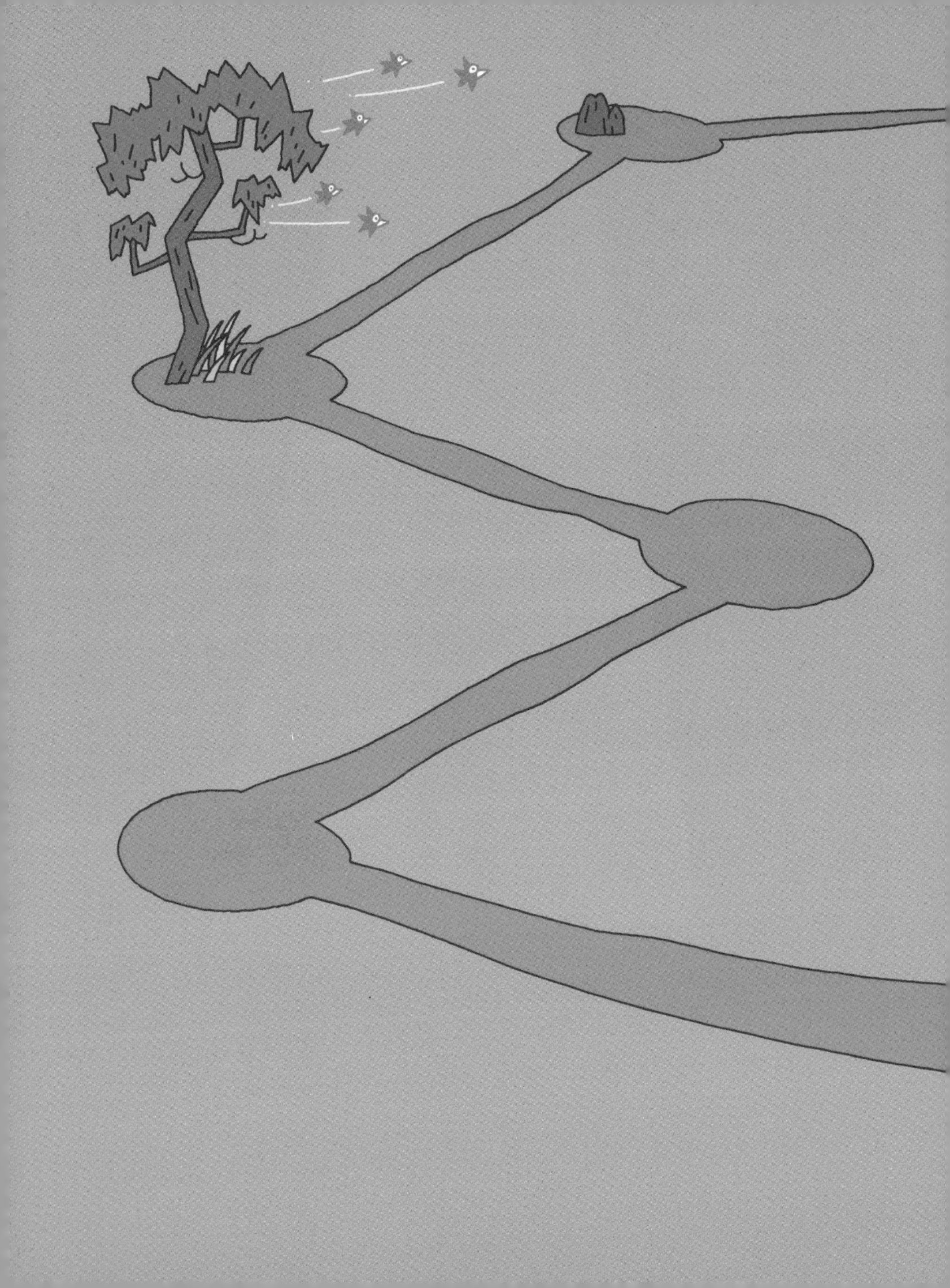

그래, 잠시 쉬어 가렴.
잠시 쉬는 거야 얼마든지
괜찮단다. 그 땀은
지나가는 바람이 식혀
줄 거야. 하지만 잊으면
안 된단다. 잠시 쉬었다가
다시 걸어야 해. 오늘
걸음을 멈추면 내일은
뛰어야 해.

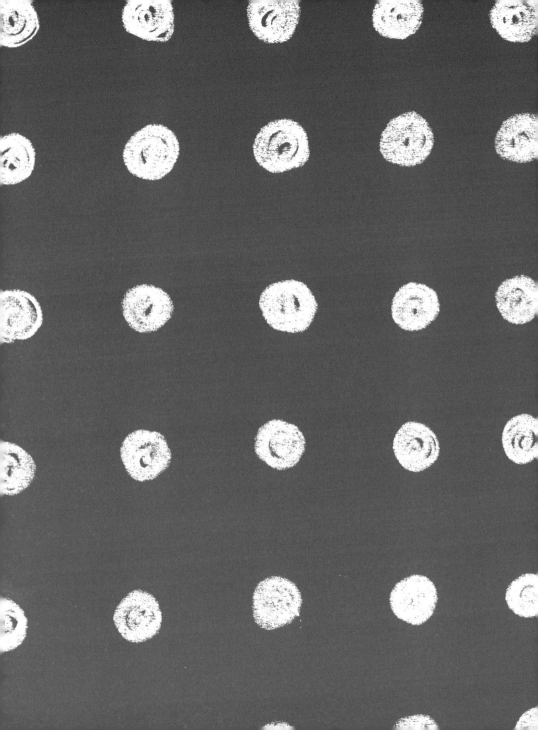

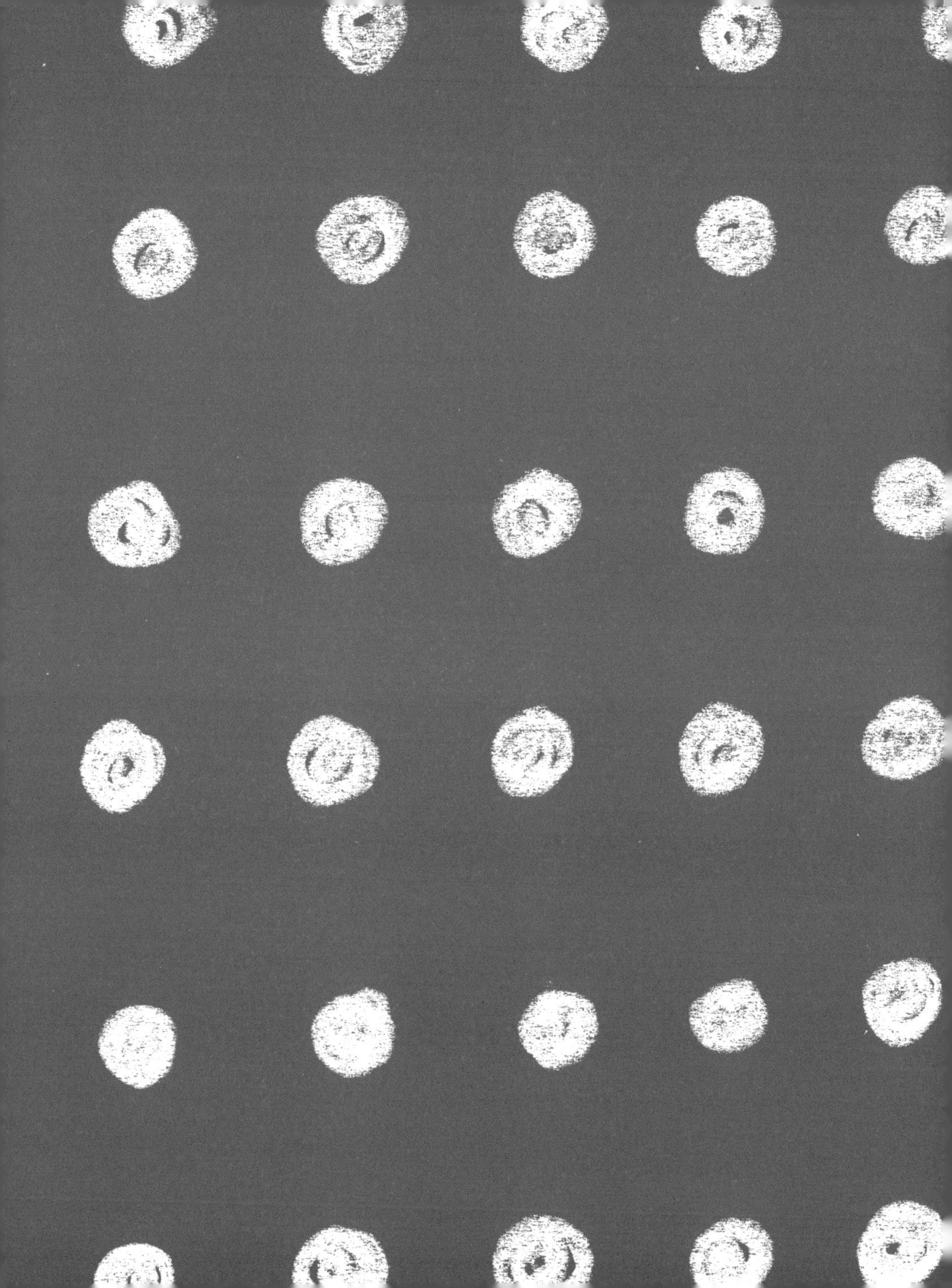

2

안녕, 낯선 사람

어린 시절부터 친하게
지내던 친구와 늘 비슷한
일로 다투다가, 다시는 만나지
말자며 헤어지게 되었다.
그렇게 헤어지고 일 년이 지났을 무렵
헤어진 친구에게 휴대폰으로 쪽지가
왔다. 쪽지의 내용은, 화해하고
다시 잘 지내자는 것이었다.
나는 그 쪽지가 내심 고마웠지만,
답장도 화해도 하지 않았다.
왜냐하면 나는 같은 일로
같은 것을 두 번이나 잃고 싶지 않았기 때문이다.
나는 조금은 적조한
지금이 좋다.

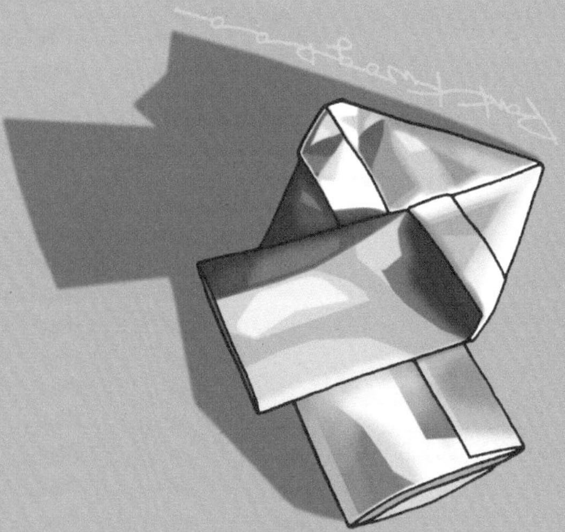

우산.

–

비가 오는 날
건물의 처마 밑에서
우산을 손에 들고 비를 피하고 있다.
마음은 바쁜데 손에 든
펴지지 않는 우산을 보며
버려야 될지 집으로 가지고 돌아가야 할지
고민한다.

우산을 보며
꼭 닮은 친구가 생각났다.
버려야겠다.

울음의 소리.

–

울음소리는 다 다르다.
남편에게 맞아서 우는 여인의 울음소리와
아이가 아파서 우는 엄마의 울음소리가 다르다.
누군가에게 버림받은 이의 울음소리와
슬픈 영화를 보며 들키지 않게 우는 울음소리가 다르며
한바탕 울고 싶어 우는 소리와 울고 싶지 않는데
터져 나오는 울음소리가 다르다.

들어봤겠지만
휘이잉 소리를 내며 바람도 운다.
보았겠지만
가로등도 눈을 깜박이며 운다.
느꼈겠지만
풀잎들도 제 몸을 눕히고 운다.

고요라는 철창에 갇힌 아파트 단지의 밤
어딘가에서 누군가의 울음소리가 들린다.
같이 울어주고 싶은 밤이다.

울고 있는 사람에게
그만 울라는 말만큼이나
바보스러운 행동은 없다.
그때 해야 하는 행동은
기다려주는 것.
조용히 기다렸다가
티슈를 한 장
뽑아서 조심스럽게
건네는 일뿐.

무너지고 난 이후에는
오히려 고요하다.
무너질 때가 가장 큰 소리를
내는 법이다. 주변에서
큰 소리를 내며 당신을 현혹하는
사람들은 대부분 무너지는
사람들이다.

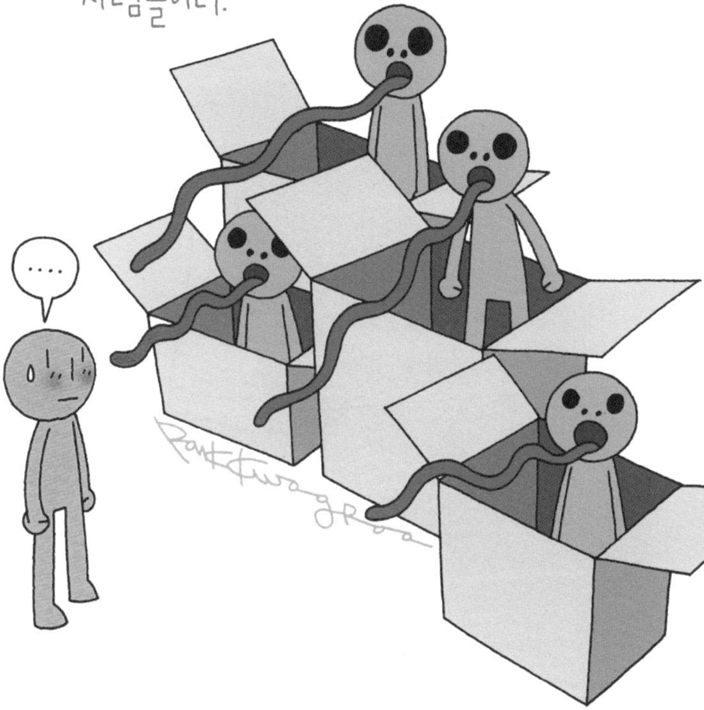

세상의 모든 운명론자들.

-

세상의 모든 것들은 운명이야.
네가 이렇게 된 것도, 내가 이렇게 된 것도
모두 운명에 의해서지. 우리들은 그 운명을
절대 피할 수 없어. 그러니 운명을 받아들여.

나에게 한껏 운명을 설파하던 운명론자는
자신의 이야기가 끝나자 자신의 목적지로
가기 위해서 길로 나섰다.

그리고 건널목을 건너기 전
좌우를 살피며 조심스럽게
길을 건넜다.

친한 후배가 나에게 질문을 했다.
충고와 간섭을 어떻게 구분해야 하죠?

기분이 나쁘면 간섭, 가슴이 아프면 충고!
!

겨울이 가고 봄이 오고, 봄이 가고
여름이 오고, 여름이 가고 가을이 오며
계절은 쉼 없이 바뀝니다.
그 사이 꽃이 피고, 꽃이 지고, 새가
울어 댑니다. 당신은 핸드폰이라는
우물에 빠져서 꽃도 못 보고, 새의
노래 소리도 듣지 못하고 있지는 않습니까?
이제 그만 우물에서
나오시길 바랍니다.

부목.

–

구부러진 나무를 곧게 자라게 하려면
나무에 부목을 대주어야 한다.
무뎌진 칼을 다시 날카롭게 만들려면
칼을 숫돌에 갈아야 한다.
부목이 나무를 곧게 자라게 하고
숫돌이 다시 칼을 날카롭게 만든다.
사람으로 치자면 부목은 사색일 것이고,
숫돌은 평소에 책 읽는 습관일 것이다.

우리들은 책을 읽고 자신에 대해
생각할 시간들을 가져야 한다.

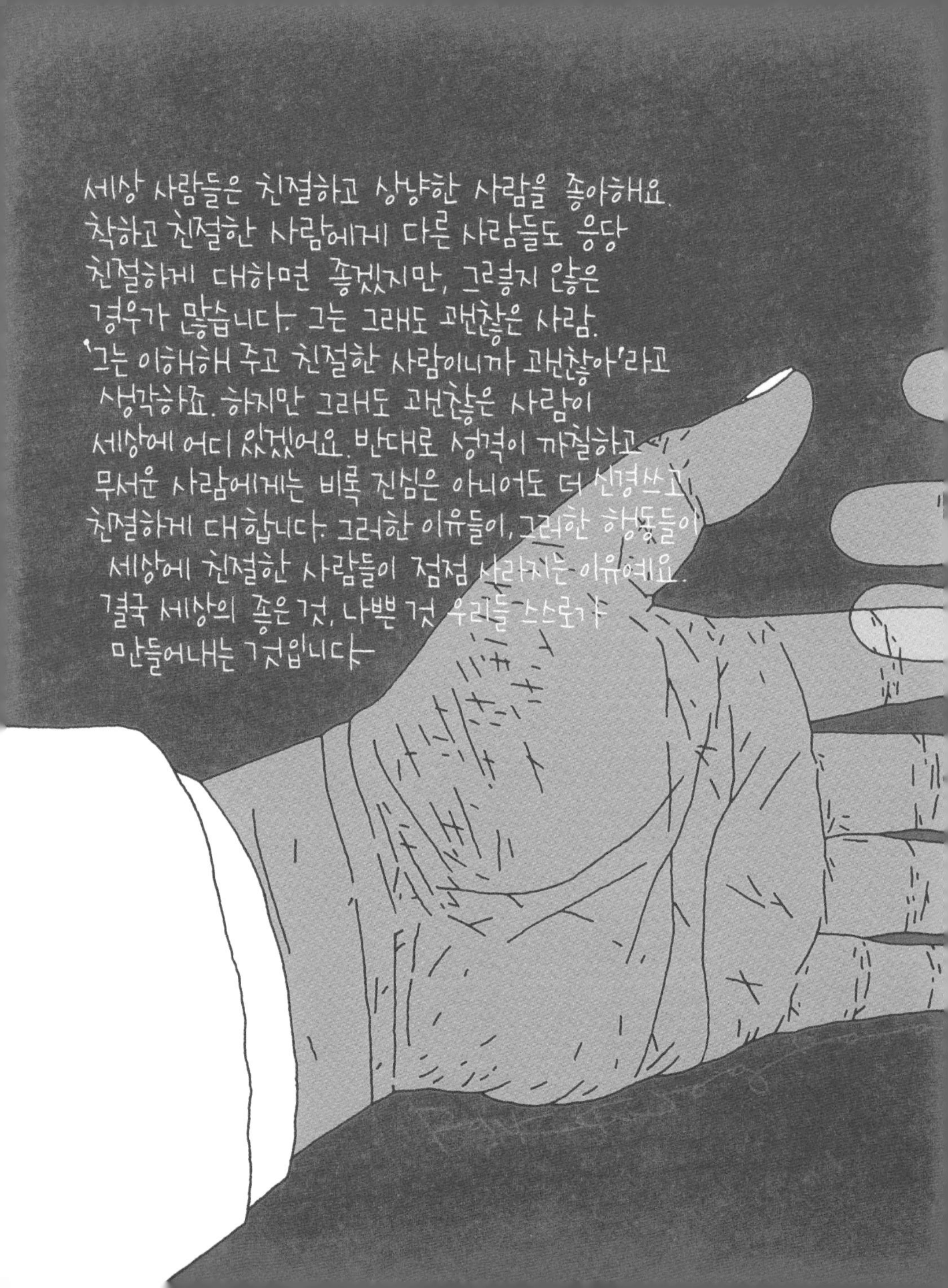
세상 사람들은 친절하고 상냥한 사람을 좋아해요.
착하고 친절한 사람에게 다른 사람들도 응당
친절하게 대하면 좋겠지만, 그렇지 않은
경우가 많습니다. 그는 그래도 괜찮은 사람.
'그는 이해해 주고 친절한 사람이니까 괜찮아'라고
생각하죠. 하지만 그래도 괜찮은 사람이
세상에 어디 있겠어요. 반대로 성격이 까칠하고
무서운 사람에게는 비록 진심은 아니어도 더 신경쓰고
친절하게 대합니다. 그러한 이유들이, 그러한 행동들이
세상에 친절한 사람들이 점점 사라지는 이유예요.
결국 세상의 좋은 것, 나쁜 것 우리들 스스로가
만들어내는 것입니다.

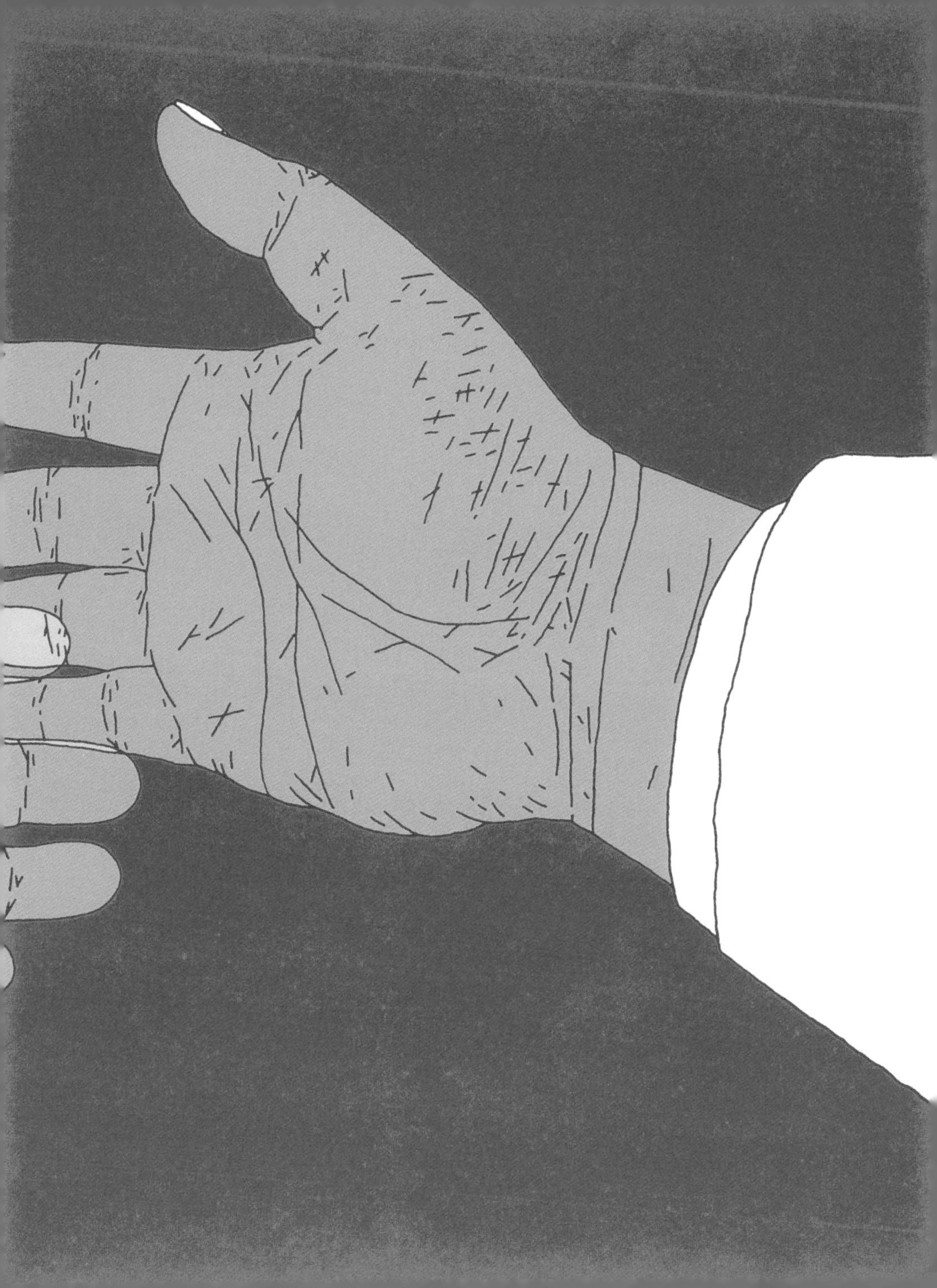

세상 모든 사람들에게
불친절할 필요도 없지만,
그렇다고 세상 모든 사람들에게
친절할 필요도 없다.
세상 모든 사람과 친구인 사람은
그 누구의 친구도
아닌 법이다.

아무런 곳에서.

—

누군가에게는 전혀 특별하지 않는 장소.
그곳에 단 한 번 불어온 바람이
나를 물풀처럼 일렁이게 만든다.

인연은 늘 벅차서
인연을 만들지 말았어야 했는데
인연은 특별하지 않은 장소에서
생기고야 말고, 이내 그 장소는
내게 특별한 곳이 되고야 만다.

나는 무엇도 할 수 있거나
나는 무엇이든 할 수 있지만
나는 아무것도 하지 않는다.

나무의 가지마다
새가 하늘에서 떨어져
주렁주렁 매달려 있다.
새들도 아무 나무와
인연을 맺지 않는다.

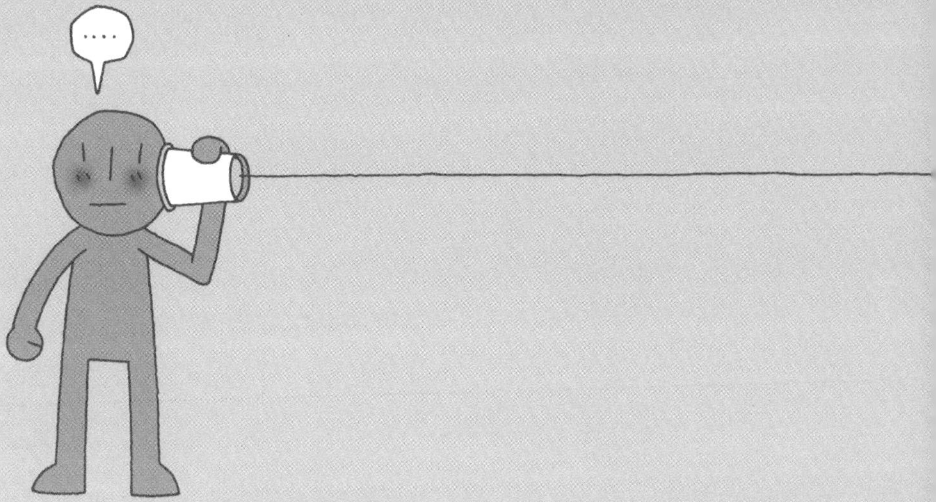

소통의 첫 번째는 침묵이다.
내가 입을 닫고 있어야만 상대가
입을 열기 마련이다. '넌 왜 소통을
안 하느냐'고 다그치면 상대방은
더 입을 닫기 마련이다.
그러니 입을 그만 닫아라.—

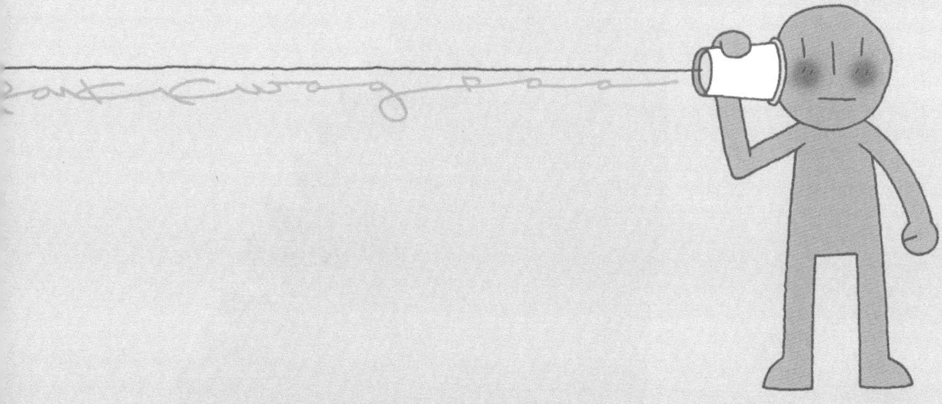

누군가를
'용서한다'고
말하지 말아줘.
용서란 단어는
높은 곳에서 밑을
보면서 하는
말 같아.
같은 높이에서
화해를 청해줘.
너의 따뜻한
마음을 느낄 수 있는
화해.
!

겸손한 마음의 자리.

–

내려와.

누군가와 화해하고 싶다면

네가 서 있는 단상에서

네가 서 있는 계단에서

땅으로 내려와.

누군가와 화해를 청할 때면

네가 서 있는 곳이 어디이든지

가장 낮은 곳으로 내려와서

악수를 청하렴.

물이 위에서 아래로 흐르는 것처럼

겸손한 마음은 가장 낮은 곳에

자리하는 것이니까.

모든 것 아래에 있는 것.

—

땅은 더 이상 내려갈 수 없을 만큼
모든 것 아래에 있습니다.
세상의 모든 사람은 땅을 딛고 살지만
땅의 고마움을 모릅니다.
뿐더러 땅에다 모든 더러운 것,
썩은 것들을 다 버립니다.
그러나 땅은 자신을 열고 모든 것을 받아들입니다.
땅의 겸손함을 배우세요.
그리하여 여러분들이 겪은 모든 것,
병고, 고독, 절망까지 다 받아들이세요.

- 故 김수환 추기경 -

그 밑바닥에서 모든 것을 감내하며
썩은 것조차 품어내어,
향기를 품어낸다면.

용서해야 한다.
용서란, 용서를 받는
사람만이 좋은 일은 아니다.
용서함으로써
내 상처의 나쁜 기억이
나의 남은 삶을 지배하지
못하게 하는 것이니까.

죽은 개를 걷어차는
사람은 없다.
누군가가 당신을 향해
적의를 드러낸다는 것은,
당신이 아직 성히 살아 있다는
방증이다. 그러니 아파하거나
슬퍼하거나 분노할 필요
없다.

그런 거 좋아.

—

사람들은 나에 대해
그런 이야기들을 해.
그 놈은 이제 틀렸다고,
내가 만나봤던 놈들 중에
최고 악질이며 저질이라고.
사람들은 또 나에 대해
그런 이야기들을 해.
나는 도덕성이 결여되었다고,
자신이 아는 사람들 중에 가장
무책임하며 나쁜 사람이라고.

그런 거 좋아.
나에 대한 기대치가 없는 거.
그건 이제 내가 뭘 해도
별로 비난 받을 것이 없다는
뜻이기도 하지.
나만 이제 나에 대한 기대치를
높게 가지고 살게.
당신들이 뭘 해도 괜찮은
면죄부를 내게 주었으니.
그런 거 참 좋아.

무전기가 제 기능을
하기 위해서는 최소 두 개가—
필요하다. 하나만 있어서는
무용지물인 것이 무전기이다.
헌데 우리들은 우리들이 듣고
싶은 말만 들으려고 한다.
두 개가 있더라도,
다른 한쪽이 꺼져 있다면
아무 소용이 없는 것이다.
지금 너의 무전기는
켜져 있니? 응답하라—

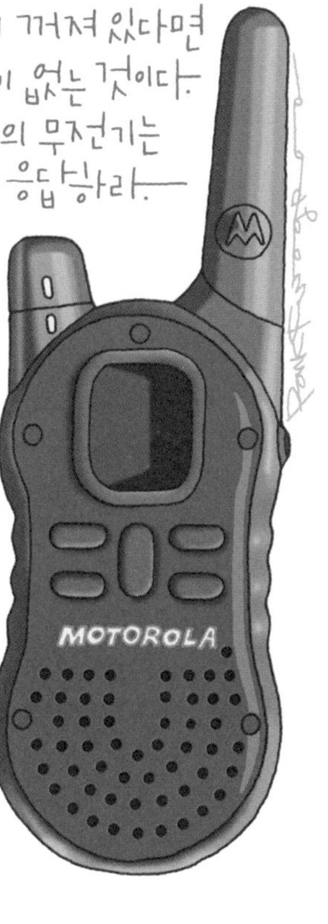

비밀.

_

비밀

비밀이

비밀로

비밀스럽게

비밀.

비밀

비밀이

비밀로

비밀스럽게

비밀이 토설되는 날.

비밀이 아닌

비밀.

아무것도 지키지 못한.

오늘부터.

_

기쁠 때는
약속하지
말고,

화날 때는
대답하지
말고,

슬플 때는
결정하지
말라.

이것은 너에게
주는 팁이 아니고
처방전이야.

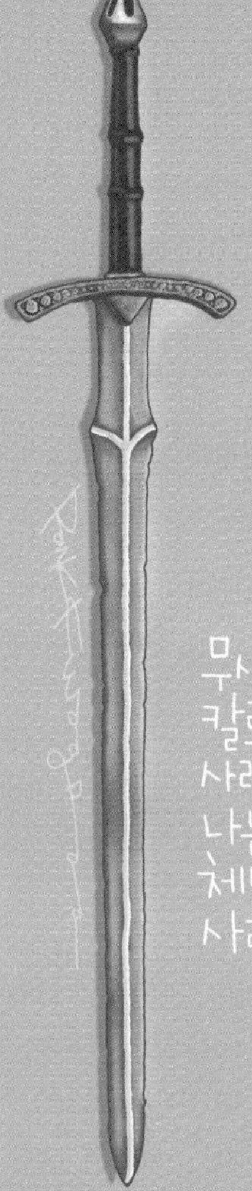

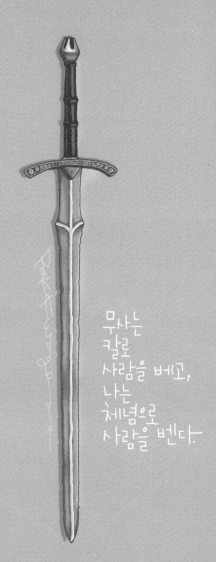

무사는
칼로
사람을 베고,
나는
체념으로
사람을 벤다.

계산기로는 알수 없어.
내가 너와 어떻게
사랑에 빠졌는지.
계산기로는 알 수 없어.
어떻게 내가 너를
사랑하게 된 건지.
계산기로는 도무지
알 수 없어.

계산 없는 삶.

–

사람들은 이야기하지,
계산 없이 살면 손해 본다고.
사람들은 믿지 않지,
계산 없이 사는 사람들은 없다고.

우리는 사는 내내 계산을 하면서 살아.
동네 구멍가게에서 물건을 사고 값을 치르며 계산을 하고,
누군가에게 어떠한 일들을 하며 이 일이 나에게 득이 될지
실이 될지를 마음속으로 계산하지.
하지만 곰곰이 잘 생각해봐.
사업하는 데 있어서는 정확한 계산도 필요하지만
사람과 사람 사이에서의 계산이란 것은
긴 세월에선 도움이 되지 않는 것을 보지 않았니?
우정으로 풀어야 할 일을 돈으로 풀려고 하거나
돈으로 풀어야 할 일들 우정으로 풀려고 하는 것도 문제지만
세상의 삶이 계산대로만 굴러가지는 않기 마련이야.
가끔은 계산기를 꺼두고 사람들을 만나렴.
네가 먼저 그렇게 하면 그들도 부끄러워하며
꺼냈던 계산기를 다시 넣고 너를 만날 거야.

마지막 시간.

_

끝났어요.

자정이 조금 넘은 시각,

대폿집 주인아주머니가 내 등 뒤로 이야기했다.

그리곤 우물거리는 내게 들으라는 듯

부러 다른 탁자들의 남겨진 그릇들을 소리 내며 치웠다.

내 몸은 아직 의자에서 미동도 하지 않는데,

상황이 밖으로 나를 내몬다.

일어나야지, 일어나서 나가야지.

대폿집 문 밖은 여전히 겨울이다.

나오자마자 매서운 바람이 능숙한 소매치기처럼 내 몸을 챈다.

그때 그날의 느낌이다.

너와 헤어졌던 그 겨울 날,

나는 거리에 있었고 매서운 바람이 불고 있었다.

기억을 더듬어보니 너도 내게

대폿집 주인아줌마와 같은 말을 했다.

끝났어요.

이제 돌아가 주세요.

돌아갈 곳도 없는 나였는데 말이다.

혼자 있을 때,
'난 외롭지 않다'라고
한 번쯤 되뇌인 경우가 있다면
당신은 외로운 사람이다.
진짜 외롭지 않은 사람들은
그런 생각을 할
시간조차 없다.

누군가가 그랬다.
구십구 번을 참아도
백 번째 화를 내면
구십구 번을 벼르다가
화를 낸 것이 되어
버린다고.

그래. 맞다. 꼬인 것, 엉킨 것,
화난 것, 슬픈 것, 억울한 것,
세상 모든 것들 그때그때
풀면서 살아야 한다.

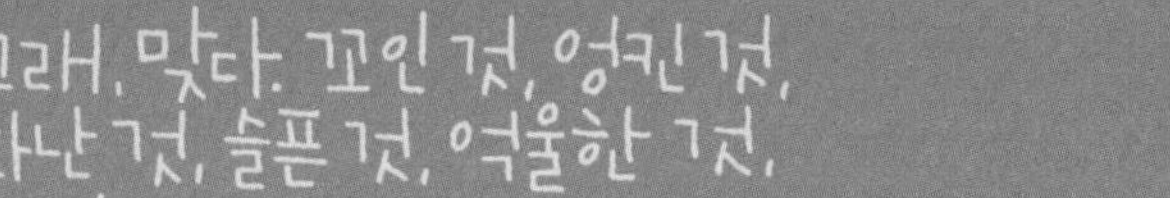

3

안단테,
안단테,
안단테.

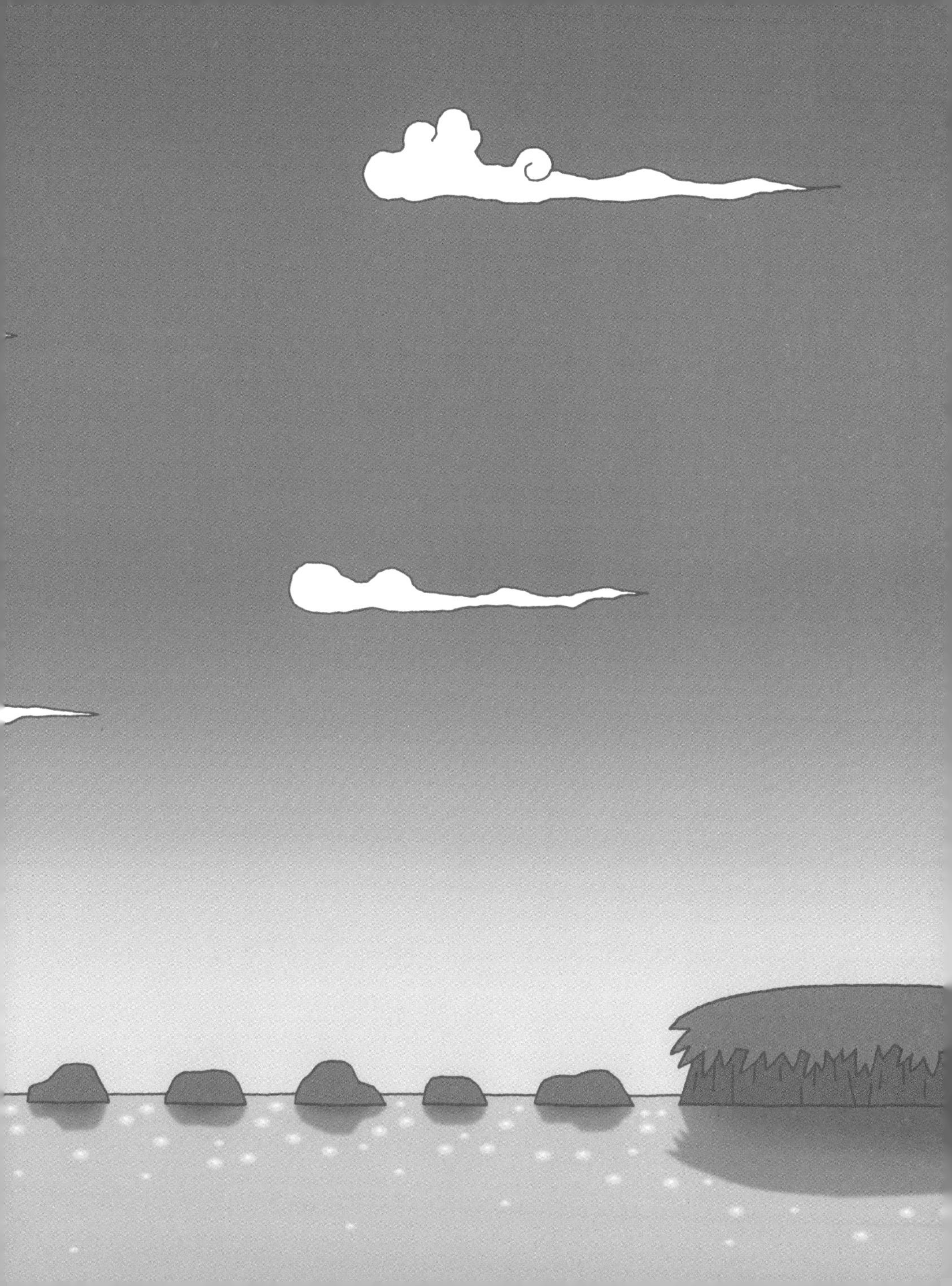

치매란

자신이 젊은시절 애쓰며
건너온 징검다리를 되돌아
가는 것.

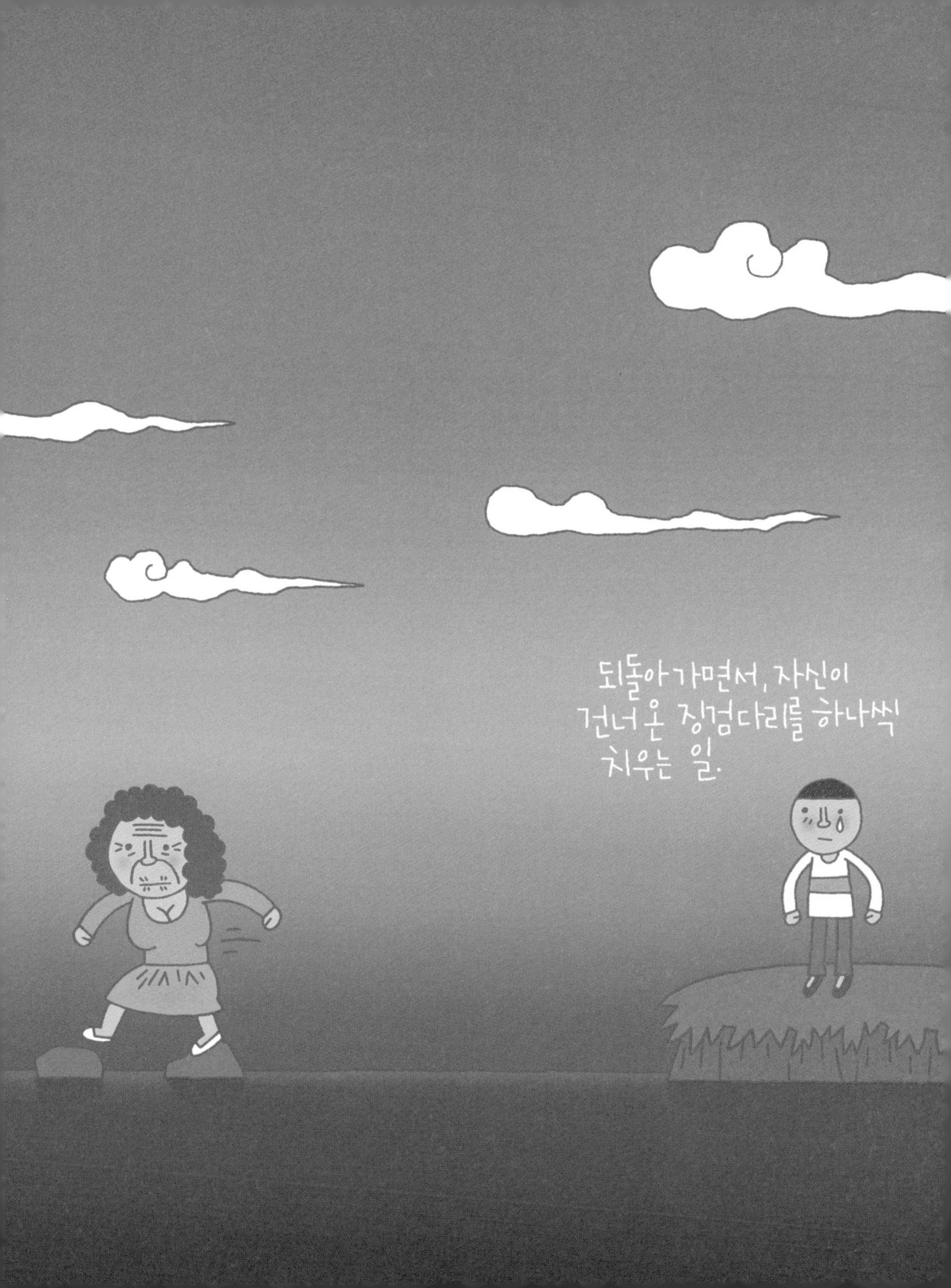
되돌아가면서, 자신이
건너온 징검다리를 하나씩
치우는 일.

그때 옆에 있는
당신은 답답하다고 짜증을
내거나 화를 내어서는
안 됩니다.

그녀에게는
당연한 일들.

그때 당신이 해야 할
일은, 그저 둑방에 서서 웃으며
손을 흔들어주는 일. 밝게 웃어주며
날 천천히 잊어달라고 비는 일.
안단테, 안단테…

돈을 벌고 명예를 얻은 대부분의 사람들은
비싸고 편한 의자부터 산다. 마치 의자가
자신의 현재 위치를 말해준다고 생각하는지.
지금의 의자에 만족 못하고 더 비싸고 더 편안한
의자를 산다. 그렇게 더 비싼 의자를 끊임없이
사다가, 세상에서 가장 비싸고
가장 편하다는 의자를 산
다음에야 비로소 깨닫는다.
돈도 없고, 명예도 없던 시절
엄마의 품만큼이나 따뜻하고
편안했던 곳은 없었다는 것을.

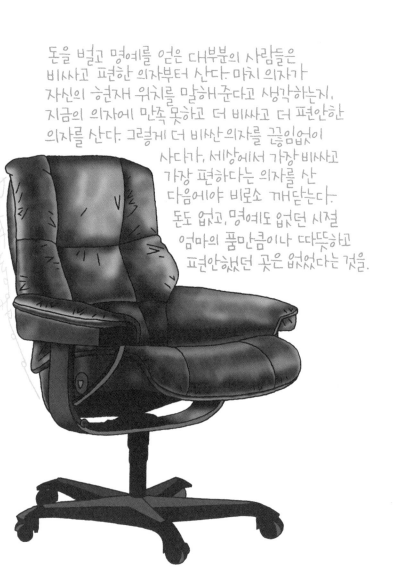

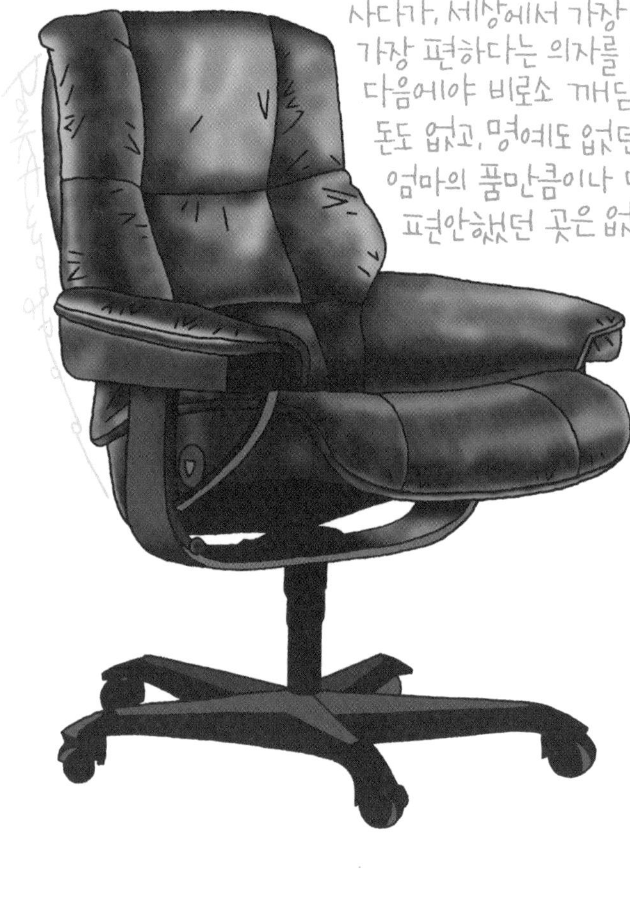

언제나.

—

기댈 곳이 없을 때면
당신이 필요했어요.
숨을 곳이 없을 때면
당신이 필요했어요.
울고 싶을 때면 언제나
다 받아주는 당신이 필요했어요.
그런 당신이 제 곁을 지켜주지 못하니
나는 울지도, 기대지도, 숨지도 못하네요.

이제야 명확히 알겠네요.
부재는 존재를 증명한다는 걸요.

망치는 못을
박는 도구만이 아니다.
반대로 못을 빼는
도구이기도 하다.
나는 내 망치로
그동안 내가 타인의
가슴에 박은 못들을
모두 뺄 것이다.

하지 못한 일.

—

치매에 앓으며 요양병원에 계신 오마니는
아무것도 기억을 못하시는데도 불구하고,
누군가의 입 밖으로 막내라는 단어가 나오면
'에이구~!' 하시며 한숨을 내쉰다고 하신다.
내 이름이나 막내란 단어만 나오면 한숨을 깊게 쉬시는
오마니의 그런 행동에 문병을 간 사람들은 다들 웃지만,
나는 웃을 수 없었다.
다 잊으셨는데도 기억 저편 어딘가에는
아직도 못난 막내에 대한 걱정거리가 남아 있으신가 보다.
오마니가 건강하실 때,
오마니가 기억이 남아 있었을 때,
오마니 가슴에 박은 못들을 죄다 빼드렸어야 하는데,
지금에 와서 보니 후회막심이다.

필시 후일 내 가슴에 상처로 남을 일이다.

엄마의 몸속에는 시계가 있어.
친구와 수다를 떨다가도,
좋아하는 드라마를 보다가도,
세상의 그 어떤 일을 하더라도,
오후 네 시 반만 되면
엄마 몸속의 시계가 작동해.
밥을 해야 한다고,
밥을 해야 한다고.
그 어떤 일이라도 멈추고
집으로 달려가서 밥을 해야 한다고.
엄마의 몸속 시계가 따르릉 울려.
세상에서 가장 슬픈 시계 소리.

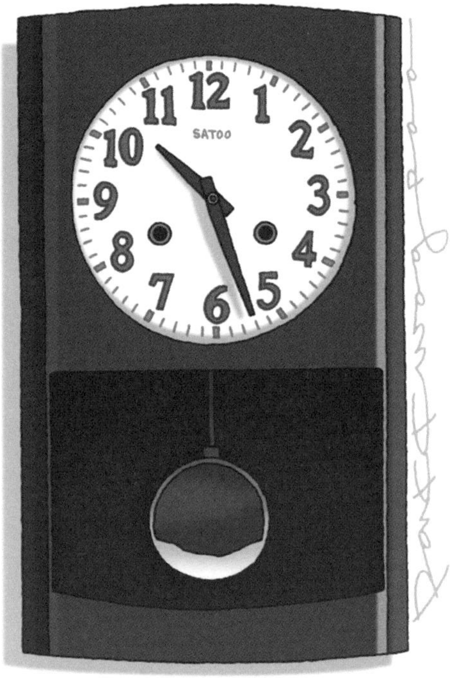

영혼의 정전.

–

존경하는 황지우 시인님께서
치매에 걸리신 노모에 대해 '영혼의 정전'이라고
표현하시는 것을 어디에선가 보았다.
황지우 시인을 존경하지만,
나는 그 표현에 동의할 수 없었다.
동의할 수 없는 까닭은 그렇게 믿어버린다면
내 어머니의 일생이 너무 슬프기 때문이다.
내 어머니도 시인의 어머니처럼 치매를 앓고 계시는데
비록 막내아들인 나를 전혀 기억 못하시지만
나를 바라보실 때의 눈빛은 희미해도 아직 그 불이
꺼지지 않았다는 것을 아들인 나는 느낄 수 있기 때문이다.

그렇다면 나는 엄마의 발전기이고 싶다.
지금은 꺼져 있지만, 내가 열심히 노력해서
전원을 공급한다면 언젠가는 전원이 다시 돌아올 수
있게 만드는 오직 엄마의 발전기이고 싶다.

오늘은.

–

찰칵! 찰칵! 찰칵! 찰칵! 찰칵! 찰칵! 찰칵! 찰칵! 찰칵! 찰칵!
찰칵! 찰칵! 찰칵! 찰칵! 찰칵! 찰칵! 찰칵! 찰칵! 찰칵! 찰칵!
찰칵! 찰칵! 찰칵! 찰칵! 찰칵! 찰칵! 찰칵! 찰칵! 찰칵! 찰칵!
찰칵! 찰칵! 찰칵! 찰칵! 찰칵! 찰칵! 찰칵! 찰칵! 찰칵! 찰칵!
찰칵! 찰칵! 찰칵! 찰칵! 찰칵! 찰칵! 찰칵! 찰칵! 찰칵! 찰칵!
찰칵! 찰칵! 찰칵! 찰칵! 찰칵! 찰칵! 찰칵! 찰칵! 찰칵! 찰칵!
찰칵! 찰칵! 찰칵! 찰칵! 찰칵! 찰칵! 찰칵! 찰칵! 찰칵! 찰칵!
찰칵! 찰칵! 찰칵! 찰칵! 찰칵! 찰칵! 찰칵! 찰칵! 찰칵! 찰칵!
찰칵! 찰칵! 찰칵! 찰칵! 찰칵! 찰칵! 찰칵! 찰칵! 찰칵! 찰칵!
찰칵! 찰칵! 찰칵! 찰칵! 찰칵! 찰칵! 찰칵! 찰칵! 찰칵! 찰칵!

오늘 제가 사진기의 셔터를
백 번 누를 테니 백 번만 웃으세요, 엄마.

엄마의 웃는
얼굴을 다시
보고 싶은 나는,
엄마에게
말하고 싶어.
하나, 둘, 셋,
웃으세요.
찰칵!

엄마에게.

—

내가 지금 당신께 할 수 있는 일은
그저 당신을 꼭 껴안아주는 일뿐,
지쳐 있는 당신이 잠시 내 어깨에 얼굴을 묻고
가쁜 숨을 몰아쉴 수 있게 내 어깨를 내어주는 일.
나를 안은 당신이 나의 체온을 느끼며
세상이 아직 따뜻하다고 느끼게 하는 일.

당신을 위해 아들인 내가
할 수 있는 가장 최고의 일.
당신을 위해 아들인 내가
할 수 있는 가장 최선의 일.

내 젊은시절 엄마는
나의 겉옷뿐만이 아니라
속옷까지 반듯하게 다리미로
다려주셨다. 그러면서 엄마는
내게 말씀하셨다.
"아들아, 사내는 겉보다
속이 더 반듯해야 한단다!"

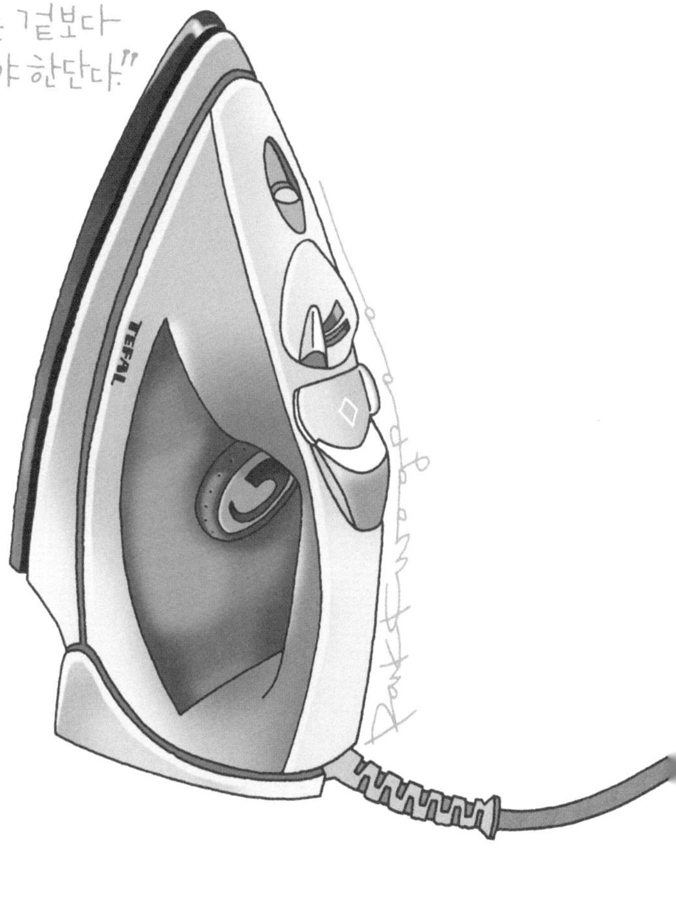

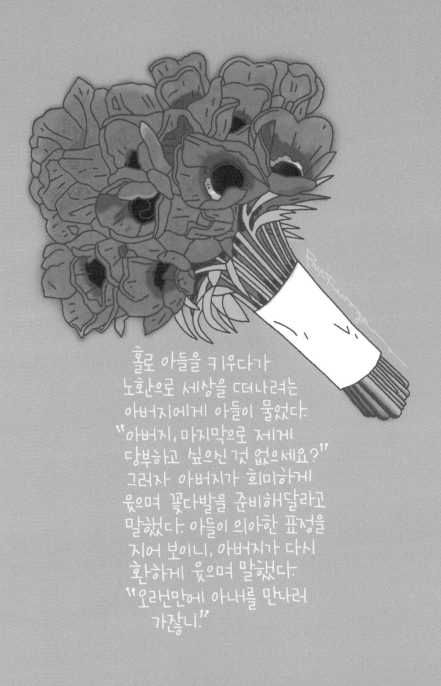

홀로 아들을 키우다가
노환으로 세상을 떠나려는
아버지에게 아들이 물었다.
"아버지, 마지막으로 제게
당부하고 싶으신 것 없으세요?"
그러자 아버지가 희미하게
웃으며 꽃다발을 준비해달라고
말했다. 아들이 의아한 표정을
지어 보이니, 아버지가 다시
환하게 웃으며 말했다.
"오랜만에 아내를 만나러
가잖니."

떠나간 이들과의 한 시절.

–

사는 것마저 유행 같다.
20대 주말이면 어김없이 결혼식장에 가야 한다.
신랑보다 잘 생기거나 신부보다 더 예쁘면 안 된다는
기본 예의는 걷어치우고 한껏 멋을 내고 결혼식장에 간다.
30대 주말은 돌잔치다.
애를 한 명만 낳아야 한다고 표어와 포스터까지 만들면서
홍보하던 때가 바로 엊그제인데 책임도 지지 못할
생명들을 두 서너 명씩이나 세상에 까놓는다. 불만이어도 간다.
언젠가는 내게 돌아올 보험 같은 것이라고 스스로를 위안하며 말이다.
40대는 장례식장이다.
70년대 텔레비전의 유무처럼 한 집 건너 한 집 사연 많던 생을 마감한다.
장례식장에 가야 반갑던 얼굴들을 본다. 먹고사느라 바쁜 틈을 비집고 와서
만난 반가운 사람들, 반가워도 웃지 않는다. 그것은 예의가 아니니까.
죽음은 전염병처럼 어르신들에서 우리에게로 전염된다.
누군가가 이야기한다.
올 때는 순서가 있지만 갈 때는 순서가 없다고.
우리의 인생이 그렇게 수많은 식장에서 간다.

허무한 듯 허무하지만은 않은 날들.
모두가 떠나도 사라지지 않는다.
우리들의 좋은 나날들은.

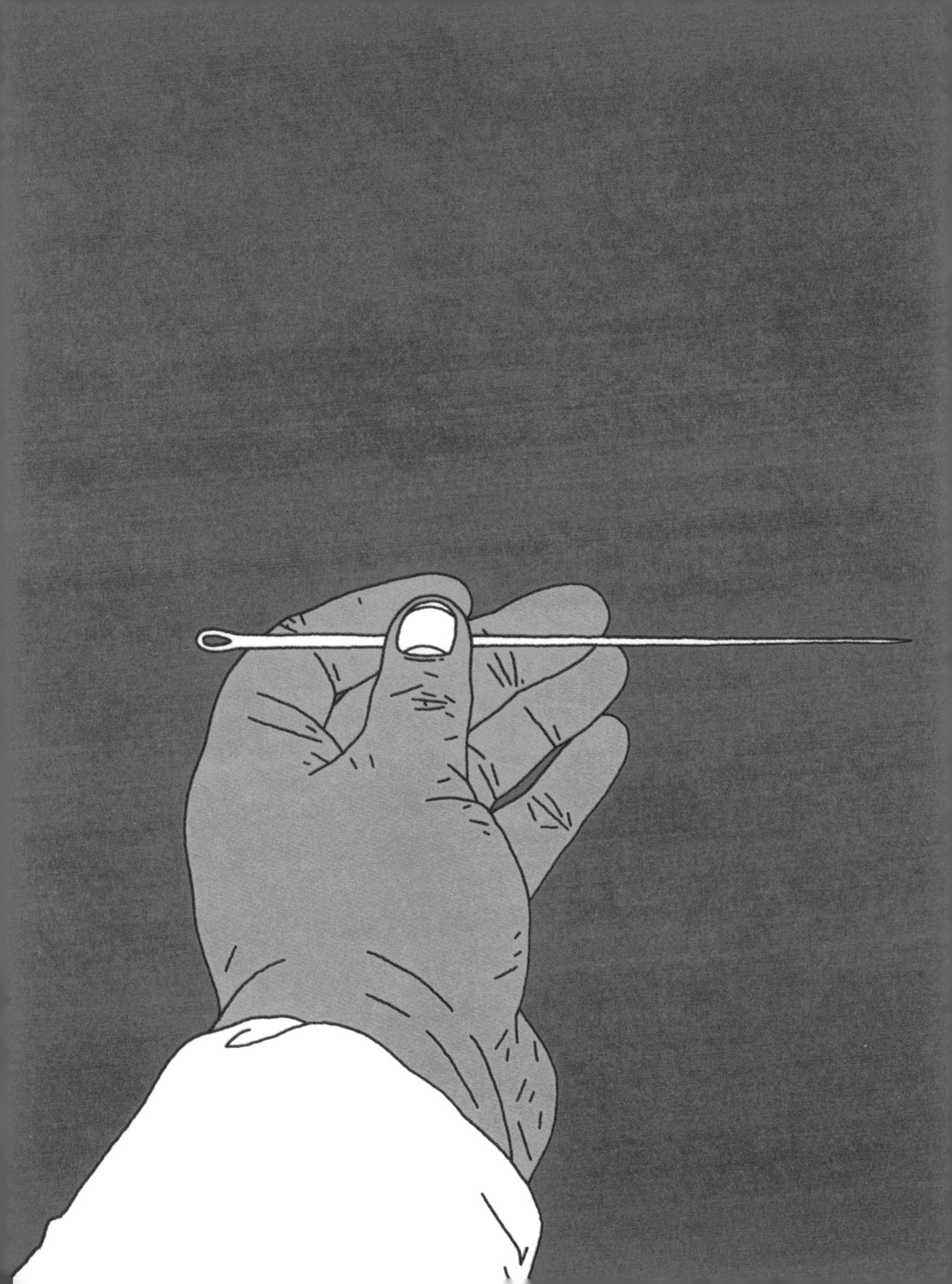

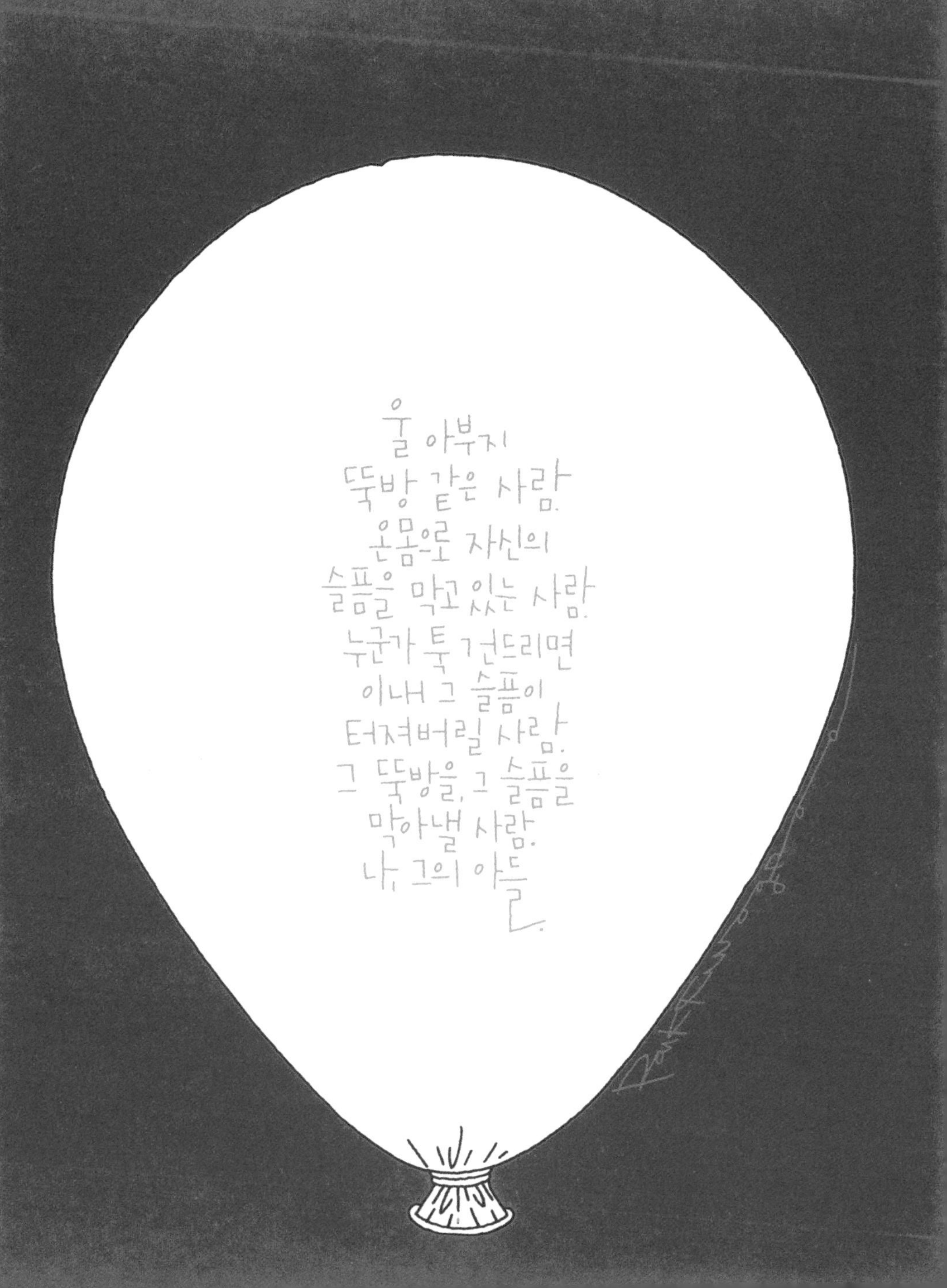
울 아부지
뚝방 같은 사람.
온몸으로 자신의
슬픔을 막고 있는 사람.
누군가 툭 건드리면
이내 그 슬픔이
터져버릴 사람.
그 뚝방을, 그 슬픔을
막아낼 사람.
나, 그의 아들.

아부지의 18번.

-

못 견디게 괴로워도 울지 못하고 가는 님을 웃음으로 보내는 마음
그 누구가 알아주나 기막힌 내 사랑을 울어라 열풍아 밤이 새도록
님을 보낸 아쉬움에 흐느끼면서 하염없이 헤매 도는 서러운 발길
내 가슴의 이 상처를 그 누구가 달래주나 울어라 열풍아 밤이 새도록

내 아부지의 18번, '울어라 열풍아'의 노랫말.
어린 시절에 아부지가 술을 한 잔 드시고
애잔하게 이 노래를 부르실 때마다,
'아부지가 왜 저런 노래를 부르시는 걸까?' 하는
짜증 섞인 의문을 가졌다.
시간이 많이 지난 지금 라디오에서 이 노래가 나오면
나도 모르게 이 노래를 흥얼거리곤 한다.
아부지를 닮아간다.
똑같이 생긴 호두처럼 나이 먹어가며 점점 더
아부지를 닮아간다.
사랑도 삶도.

호두 과자에
정작 호두는 별로 없어.
우리의 사랑에는
무엇으로 가득 차 있을까?
다른 것으로 가득 차 있는
호두 과자와 달리
사랑만 가득하길.
속았다는 생각이 들지 않게.

아들에게 이야기했다.
"아들아, 살면서 완전히 좋거나,
완전히 나쁜 것은 없단다.
하나가 좋으면, 다른 하나는 꼭
나쁜 법이지." 아들에게 꼭
들려주어야만 했던
삶의 씁쓸한 이야기.

나보다 더 많이 알고 있는 아들.

—

할머니의 위중함을 어린 아들에게도
알릴 필요가 있다고 생각했다.
그래서 고민 끝에 아들에게 말했다.
"아들, 할머니가 오래 사시지는 못할 것 같아."
내 말에 초등학교에 다니는 아들이
나보다 더 어른스럽게 말했다.
"아빠, 할머니가 좋아지시면 좋겠지만,
그렇지 않다면 많이 안아드리고 살아계시는 동안
최대한 행복하게 해드려요.
그리고 아빠, 할머니는 누구에게나 좋은 분이셨으니까
좋은 곳으로 가실 거니까
아빠도 너무 마음 아파하지 마세요."

어른인 내가 마음 아파 허둥지둥 대며
답을 못 찾고 있을 때 어린 아들이 내게
답을 알려줬다.

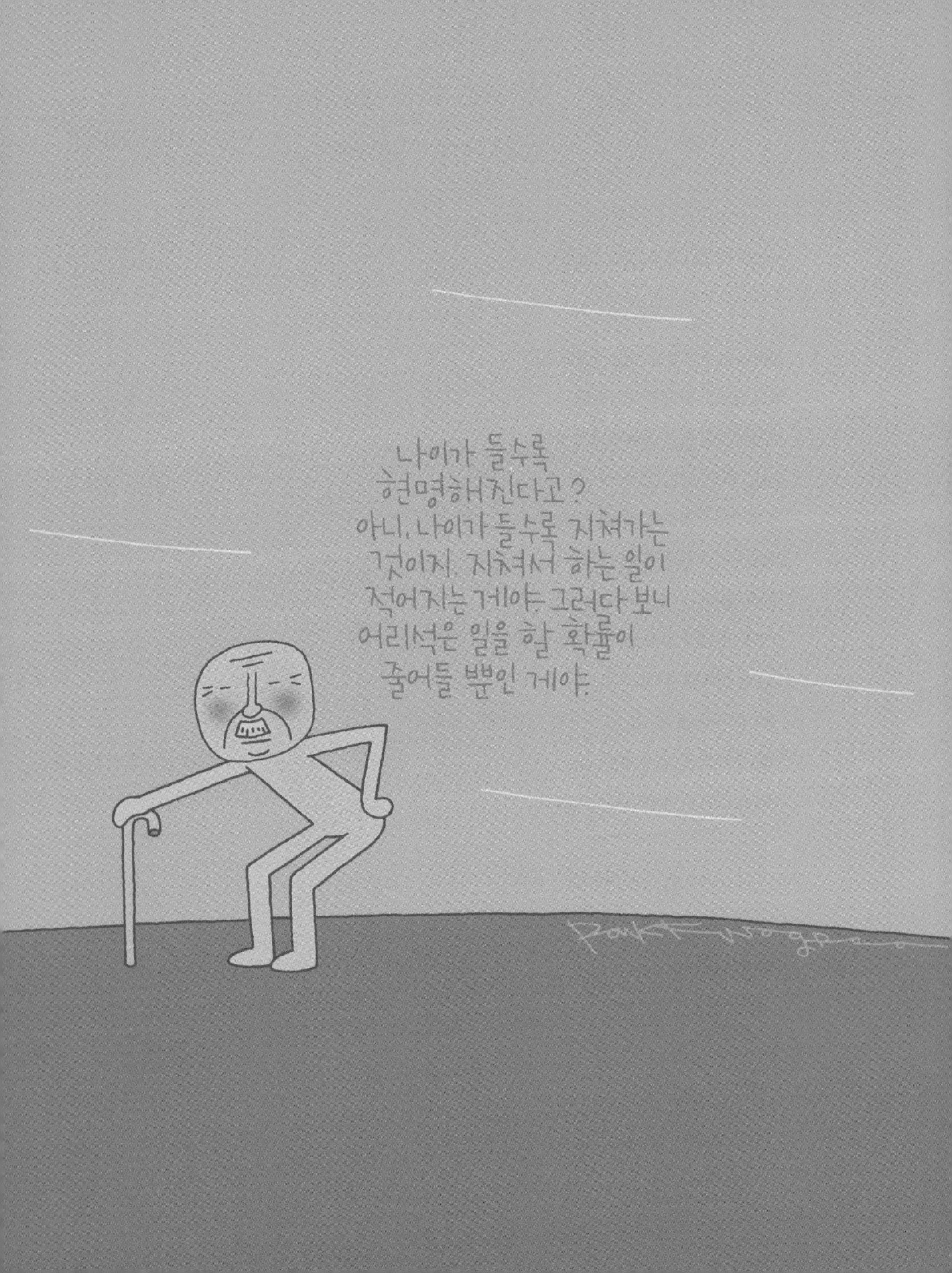
나이가 들수록
현명해진다고?
아니, 나이가 들수록 지쳐가는
것이지. 지쳐서 하는 일이
적어지는 게야. 그러다 보니
어리석은 일을 할 확률이
줄어들 뿐인 게야.

나이가 들면.

–

나이가 들면
젊을 때는 생각하지 못하던 일들이 벌어지지.
2미터가 넘는 개울을 숨도 안 쉬고 건너뛰던 내가
밭고랑에 처박히고 어떤 이와 붙어도 지지 않던 술자리에서
어떤 이와 붙어도 이내 잠들어버리지.
50미터가 넘는 거리에 있는 미인을 찾아내며
스스로에게 감탄했던 독수리의 눈은 사라지고
세련되게 디자인된 명함을 받고 감탄 대신
7포인트 크기의 서체를 사용하여 디자인한
디자이너를 찾아내 독살하고 싶어지지.
늙는다는 건 그런 거야.
삶의 좋고 나쁨과 되고 안 되고가
더운 여름 낮 2시의 그림자보다
더 명확하게 선이 그어지는 것이지.
그래서 좋아. 누군가에게 쓸데없는 희망 따위 주지 않고,
내 한계선을 분명하게 알 수 있어서 말이야.
나이가 들면 실수가 적어져.
술자리에서 겸손해지고,
만용을 부려서 개울을 뛰어넘지도 않으며,
눈에 보이는 것들을 사랑하게 되지.
그래서 좋아, 늙는다는 것.

딱 한 번만,
엄마가 날 위해
만들어주신 음식을 다시
먹을 수만 있다면.
딱 한 번만.

4
다시,
우리의,
봄날.

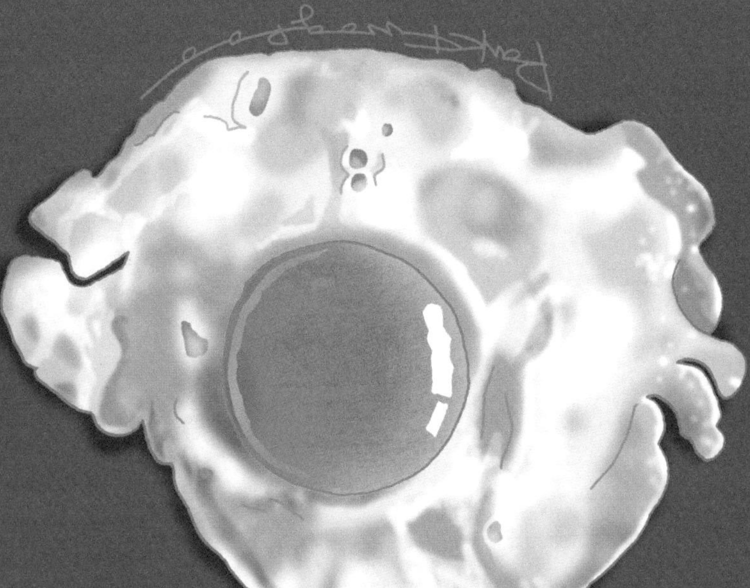

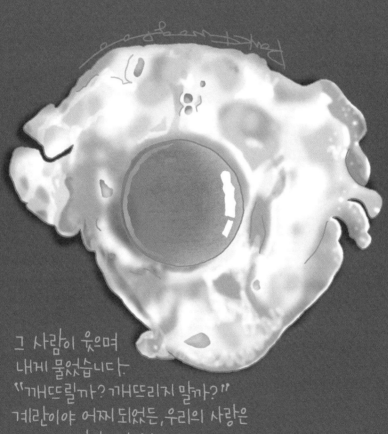

그 사람이 웃으며
내게 물었습니다.
"깨뜨릴까? 깨뜨리지 말까?"
계란이야 어찌 되었든, 우리의 사랑은
깨지지 않았으면 합니다.

한 발자국.

–

당신은 내 한 발자국
뒤나 앞에서 걸어주세요.
구속하듯 구속하지 않으며
어떤 날은 내가 당신을,
또 어떤 날은 당신이 나를
그리워할 만큼의 간격을 두어요.

손은 뻗으면 잡을 수 있겠지만
내 것인 듯, 내 것이 아닌 듯
간격을 두며 그렇게 살아요.

당신이 길을 잃은 날은
내가 당신의 한 발자국 앞에 있으니
날 따라오기만 하면 되고요,
당신이 너무 외로운 날은
내가 당신의 뒤를 든든하게
받쳐줄 거니 걱정 말고 살아요.

한 발자국
앞이나 뒤에서.

내 눈에 사람들이
보는 것과 다른 것이 보인대도.
사람들이 이제 그만
벗어버리라고 해도.
난 당신이 내게 씌워준
안경을 벗지 않으련다.
당신이 내게 씌워준
콩깍지라는
안경.

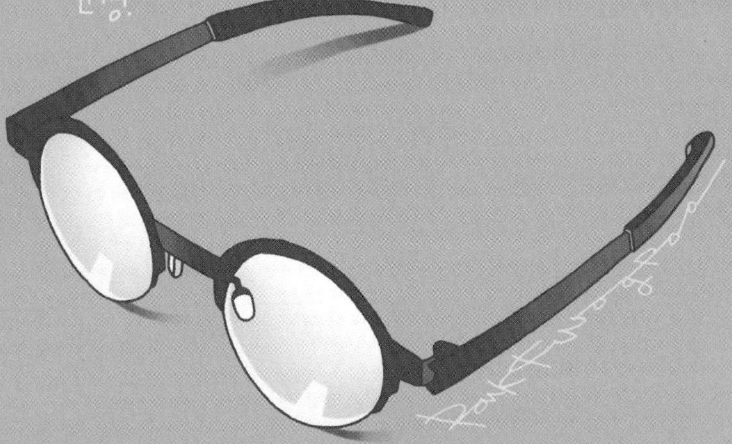

이 말을 하고 싶었어.

–

나도 걱정되지만
날 믿어.
나도 불안하지만
날 믿어.
나도 힘이 들지만
날 믿어.
나도 길을 모르지만
날 믿어.

날 믿어.
내가 비록 믿을 구석은 하나도 없지만
날 믿고 따라와준 고마운 당신께는
이 말을 꼭 하고 싶었어.

손해사정.

–

사랑이 이루어질 수 없는
사람들끼리 사랑에 빠지면
누가 더 손해일까?
가령 이를테면 유부남과
처녀의 경우 말이야.
유부남?
결혼 안 한 처녀?

바보야, 정답은
더 많이 사랑한 사람이야.
이루어지지 않는다면
더 많이 사랑한 사람이
더 많이 아파할 거니까.

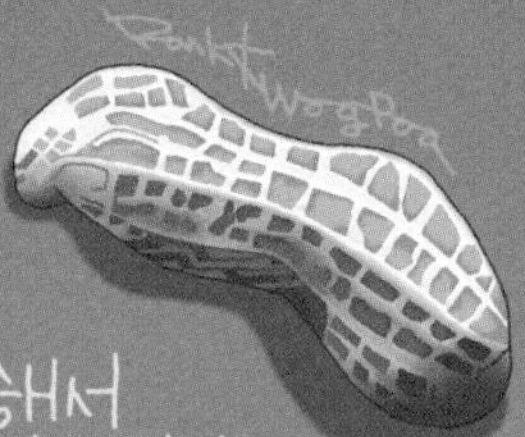

결혼을 해서
변하는 사람은 없다.
그 사람은 원래
그랬던 사람이다.
다만 당신만
몰랐을 뿐이다.
그러니 누구의 탓을
할 필요도 없다.

인생에서 좋은 것.

_

세상엔 '명언'이 많고도 많다.
인터넷에 검색이라도 해볼라치면
무슨 명언이 그리도 많은지 일일이 보기 어려울 정도다.
하지만 누군가에겐 명언이더라도 나는 공감하지 못할 것들,
그냥 세상을 떠도는 그렇고 그런 그럴싸한 말들,
그런 것들도 많더라.

그래도 이거 하나만은 내게도 최고의 명언.
죠르쥬 생드의 그 말만은 담백하면서도 진실함이 느껴진다.

'사랑하라.
인생에서 좋은 것은 그것뿐이다.'

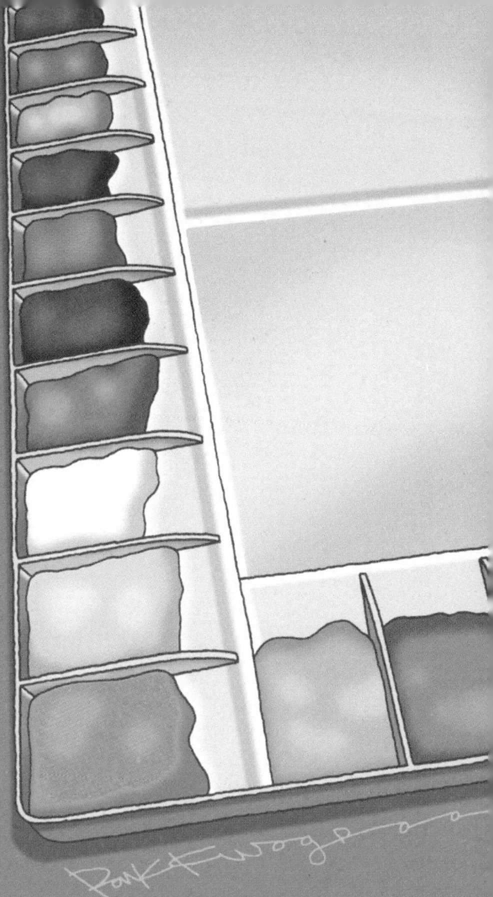

어떤 사랑은 노랗고,
어떤 사랑은 빨갛고,
어떤 사랑은 파랗고,
어떤 사랑은 검다.
어떤 사랑이 더 순수한지,
어떤 사랑이 더 고결한지,
어떤 사랑이 더 아름다운 건지 모른다.
사랑이 그렇다.
아니, 세상의 모든 사랑은 그렇다.
나뭇잎의 초록색처럼,
우체통의 붉은색처럼,
맑은 하늘의 푸른색처럼,
다양한 빛깔이 세상을 채우고 있는 것처럼
세상 모든 사랑은 다양한 색으로 가득 차 있다.
세상의 모든 색을 부정할 수 없듯이,
세상의 어떤 사랑도 부정할 수 없다.

사랑은 제 빛깔대로 사랑이다.

언젠가
녹아서 없어지겠지만,
당신과 나의 달콤했던
추억은 잊지 말아
주세요.

영원한 것.

–

꽃이 진다고
기억이 저문다고
사랑이 떠났다고
슬퍼하지 마.

이 세상에 영원한 것은
아무것도 없어.
영원한 것은
오직 기억뿐이야.

사랑이 슬픈 이유.

_

어려서는

모든 것에 서툴기에

사랑마저도 서툴다.

그렇다.

이제 우리는 비로소

사랑에 대해서

이야기할 수 있을 때,

사랑하기에는

너무 늙은 나이가

되어버려 있다.

왜 신은 청춘을

젊음에게 주었는가?

완전히 녹아
없어져버려도 좋아.
당신께 스며들어
당신의 인생에 단맛을
낼 수만 있다면.

당신의 사랑은
너무 게으르오.
어느 날은 열렸다가
어느 날은 닫혔다가.
내 사랑은 24시간
항상 당신을 위해
열려 있는.
광수Mart
24
MOTEL KO
야채

너의 장학생.

–

나는 오늘도
너를 생각하지.
오늘뿐만이 아니라
나는 매일매일
단 하루도 쉬지 않고
네 생각을 하지.
출석률 100퍼센트.
나는 너의 생각 장학생.
단 하루도 거르지 않는.
단 하루도 쉬지 않는.

당신이 어디에
계셔도 내가 지치지
않고 앞으로 걸어 간다면
언젠가 당신을
만날 수 있겠지.
지구는 둥그니까.

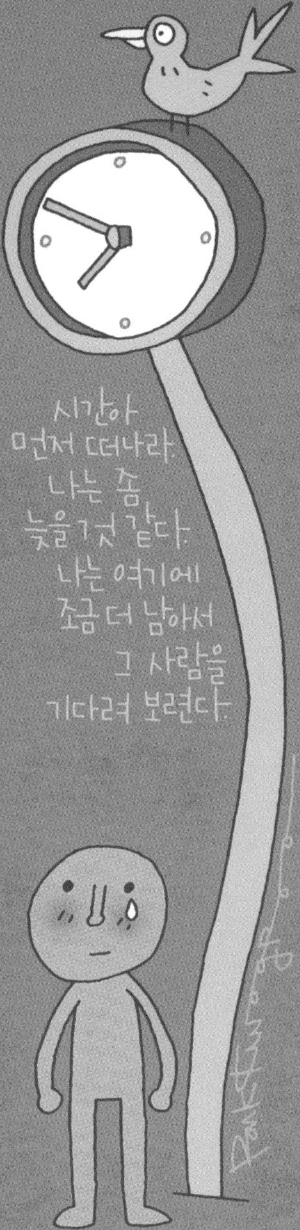
시간아
먼저 떠나라.
나는 좀
늦을 것 같다.
나는 여기에
조금 더 남아서
그 사람을
기다려 보련다.

그 시절의 사랑.

–

내가 대학 다닐 때만 해도 휴대폰 따위는 없던 시절이라
약속 장소에 기다리는 사람이 나타나지 않으면
연락을 취할 방도가 없어서 꼼짝없이 기다려야만 했다.
1시간은 기본이었고, 기다리다 지쳐서 자리를 뜨려고 하다가도
혹시 차 사고가 난 건 아닐까, 무슨 일이 생긴 건 아닐까 걱정하며
자리를 쉽사리 뜨지 못하고 대여섯 시간씩 하염없이 기다리곤 했다.

그래, 그런 시절이 있었다. 지금을 사는 젊은 친구들은
바보 같은 행동이라고 여기며 이해를 못하겠지만,
그 시절에는 그런 기다림의 낭만이 있었다.
10분만 늦어도 문자 메시지를 날리고, 전화를 걸고,
성질 급하게 따지는 지금엔 예전의 그 낭만은 없다.

약속을 정하고, 약속한 날이 다가오면 가슴이 설레던.
약속한 날 정한 시간보다 몇 시간 먼저 길을 나서
남몰래 거닐어보던 순박한 낭만은 사라졌다.

내가
그 사람을
잊을 수 있을까?
내 물음에 선풍기가 머리를
좌우로 돌리며 대답한다.
못 잊어. 넌 그 사람
절대 못 잊어.

바람이려오.

–

사랑하는, 사랑했던 당신.
나로 인해 더 이상 상처받지 마라.
본디 나는 바람이었으니
처음 불던 그곳으로 그저 돌아갈 뿐이다.
돌아가는 도중 나라는 바람이
당신의 머리카락을 흩날리며
잠시 잠깐
그대를 괴롭히더라도 상처 입지 마라.
본디 나는 당신의 손에 잡히지 않았으니
내가 떠남을 조금도 슬퍼하지 마라.
햇살이 아무리 좋더라도
상처 입은 그 마음으로는
나를 처음 만났던
그 언덕을 오르지 마라.

너무 안달복달
할 필요없어.
어차피 만나게 되는
사람은 꼭 만나게 되는
법이니까.

어느 과학자의 심각한 오류.

–

꿈속에서 너를 봤어.
그리도 그리워하면 본다더니
내가 그리워한 시간보다는 늦었네.
반가웠어. 기약은 없지만
내가 또 열심히 너를 그리워하면
또 볼 수 있을 테지.
너를 만나지 못하는 시간 속에서도
너를 볼 수 있다는 희망은 버리지 않을게.
그런 희망마저 없다면 내 삶은
의미가 없을 테니 말이야.
그나저나 사람들이 잠이 들어서 꾸는 꿈이
흑백이라는 어느 과학자의 말은 잘못된 말일 거야.
내가 꿈속에서 너를 봤을 때, 너의 등 뒤로
펼쳐져 있던 푸른 하늘, 그 푸른 하늘을
그도 봤다면 그런 말을 하지 못했을 거야.

푸른 하늘.
뭐랄까, 눈이 시리도록 멋진 풍경이었어.

생각 속의 집.

–

커다란 돼지 저금통을 사서
당신이 그리울 때마다 백 원씩 넣었다.
당신이 그리워서 백 원.
당신이 보고파서 백 원.
당신께 미안해서 백 원.
당신이 생각나서 백 원.
그렇게 모은 돈으로 땅을 사고
그 땅 위에 집을 지었다.
그리고 이제 난 그 집에 산다.
그리워서, 보고파서, 미안해서,
생각나서 지은 생각 속의 집.

당신과 나는 서로에게
좋은 사람이 될지도 몰라요.
바람처럼 그냥 내 곁을
스쳐 지나갈지도 모르죠.
어쩌면,
어쩌면,
어쩌면.

깊은 산 속 아무도 모르게
수줍게 핀 작은 꽃.
아무도 모르게 피었다고
꽃이 아닐 수 없듯이,
아무도 모르게 누군가를 사랑하였다고
사랑이 아니라고 할 수 없다.

바다가 허락한 날.

_

어린 아우들과 함께한 술자리에서 누군가가 내게 물었다.
"형, 형이 생각하는 사랑은 뭐예요?"
나는 짧은 시간 생각에 잠겼다가 대답했다.
"사랑은 바다에서 수영하는 것과 비슷해."
사랑과 바다가 비슷하다는 내 말에 다들 의문스런 표정을 지어 보였다.
"바다 수영은 수영장에서 하는 수영보다 훨씬 어렵거든.
그런 면에서 바다 수영이 사랑과 비슷하다고 생각해, 난."
내 말에 평소에도 잘 깐죽거리는 동생 녀석이 그날도 역시 이죽거렸다.
"물론 바닷가에 많이 가보지 못한 사람은 당연히 바다 수영이 어렵겠죠.
하지만 바닷가에서 나고 자라면서 바다 수영에 익숙한 사람은 바다 수영이
쉽지 않겠어요? 그러면 그런 사람들에게는 사랑은 쉽다는 건가요?"
나는 그저 담담하게 답했다.
"그렇겠지, 바닷가에서 나고 자라서 바다 수영을 많이 해본 사람이
바다를 많이 접해보지 못한 이들보다는 바다에 더 능숙하겠지.
하지만 그렇게 능숙한 사람도 바다가 허락하지 않은 날에는
바다에 뛰어들 엄두도 내지 못하는 거야.
바닷가에서 자란 사람일수록 바다가 얼마나 무서운지 잘 알거든.
그런데 재미있는 건 바다가 허락하지 않는 날,
바다를 잘 모르는 사람이 바다가 얼마나 무서운지 모르고 뛰어든다는 거지."

사랑은,
마르지 않는
우물의 물과 같다.
그래서 넘치도록 퍼주고
한 바가지 더 퍼주어도
괜찮은 것이다.
늘 모자라지 않게,
넘친다 싶어도
한 바가지 더.

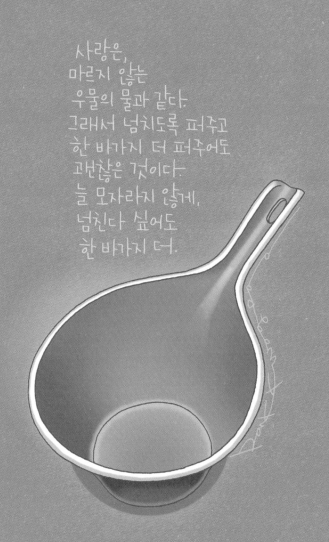

세상의 모든 단어.

_

사람이 사랑에게 묻는다.
무엇이냐고.
무엇이기에 이토록 자신을 아프게
만드는 것이냐고 묻는다.
사랑이 사람에게 말한다.
자신의 앞에 세상의 어떤 단어도
갖다 붙이지 말고 오직 사랑하였느냐고 묻는다.

그럼 된 것이다.
사랑하면 그걸로 된 것이다.
그 다음 단어들은 부질없다.

지우개야,
어쩌지?
나는 아직
그 사람을 지우지
못했단다.

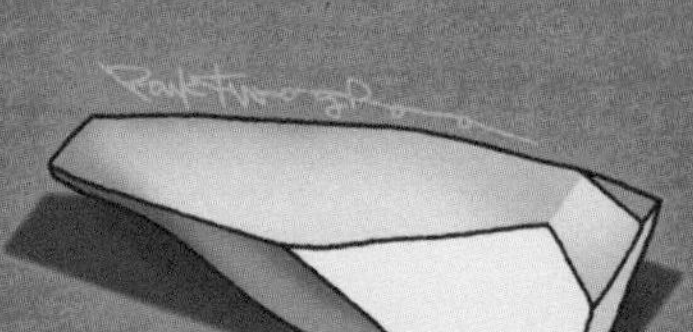

추신.

–

그대와

헤어진 후의

내 삶은

몽땅

추신이다.

만우절에 하는
사랑 고백은 대부분 진심이다.
생각해보라. 누구도
싫은 사람에게는 거짓으로도
사랑 고백을 하지
않는다.

고백하고 또 고백하라.

—

인생의 가장 큰 영광은
결코 넘어지지 않는 데 있는 것이 아니라,
넘어질 때마다 일어나는 것이라고 넬슨 만델라가 말했다.
사랑도 비슷하다. 고백하고 또 고백하라.
거절이 두려워서 고백을 못하는 사랑은
달리다 넘어질 것이 두려워서 출발선에도 서지 않은
육상선수나 다름없다. 육상 선수의 가장 큰 영광은
메달이 아니다. 가장 큰 영광은
자신만이 아는 자신의 노력이다.

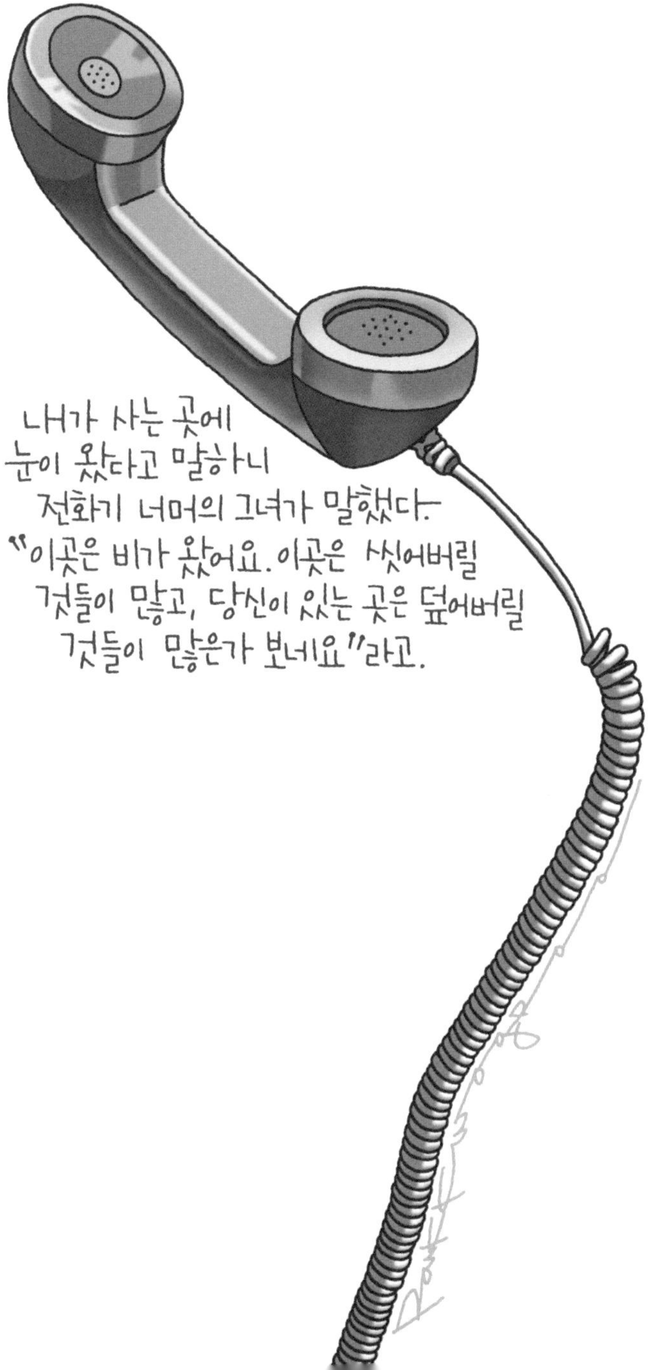
내가 사는 곳에
눈이 왔다고 말하니
전화기 너머의 그녀가 말했다.
"이곳은 비가 왔어요. 이곳은 씻어버릴
것들이 많고, 당신이 있는 곳은 덮어버릴
것들이 많은가 보네요"라고.

당신이라는 달.

_

나뭇가지에 달이 걸려 있다.
달이 더 기울면 나무의 날카로운
가지에 걸린 달은 필경 찢어질 것이다.
위태로운 달을 보며
더 기울지 않기를 바란다.
당신이 떠나던 그 밤.

인간도 누군가가 너무 그리우면
달이 뜬 밤에 컹컹 짖는다.

불면의 밤.

_

아내를 요양병원에 보낸 아부지는
오늘도 잠을 이루지 못한다.
순례자처럼 병원을 돌며
모아 놓은 수면제를 비둘기처럼
밤마다 한 알씩 쪼아 먹는다.

엄니를 요양병원에 모신 아들도
좀처럼 잠을 이루지 못한다.
아들은 아부지에게 잠을 빌린다.
다섯 알이면 다섯 밤은 거뜬하게
잘 수 있을 거라는 아부지의 말.
나는 오늘 아부지의
다섯 밤을 빌려 왔다.

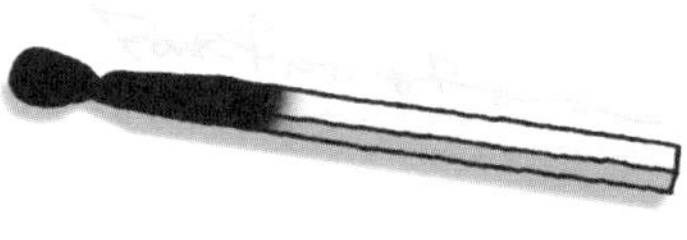

상대가 눈앞에서 멀어지면,
보통의 사랑은 잊히고
큰 사랑은 그 사랑이 더 커진다.
바람이 불면 성냥의 불은 꺼지고
들판의 큰불은 더 불길이 세지는
것처럼.

당신은.

_

당신은 이제 내가
가까이도 갈 수 없는 집에 산다.
어떤 연유인지는 모르지만
가끔은 슬프고, 가끔은 기쁘다.
빗장을 가로질러 문을 닫아놓지는
않았지만 난 문을 열 수 없다.

내가 열 수 있는 문은
내 마음속의 집이다.
내 마음속에 추억이라는 빗장으로
결계를 치고 닫아 놓은 집
방 안에 당신이 산다.
어떤 연유인지는 모르지만
가끔은 슬프고, 가끔은 기쁘다.

예전에 이렇게 아내 옆에
앉아 있곤 했죠. 아내 이름은 클레어였어요.
9·11 때 죽었습니다.
아무도 예상 못했죠. 어느 날 벽장을
청소하고 있었는데, 비치볼을 하나 발견했죠.
제가 기억하기로는 비치볼에 바람을
불어 넣은 게 아내였어요. 아무한테도 이야기를
안 했지만, 전 클레어가 생각날 만한
물건은 모두 버렸습니다. 너무 괴로워서요.
단 한 가지 버릴 수가
없었던 것은 그
비치볼이었어요.
아내의 숨결이
아직 그 안에
들어 있거든요.

CSI 과학
수사대 중에서.

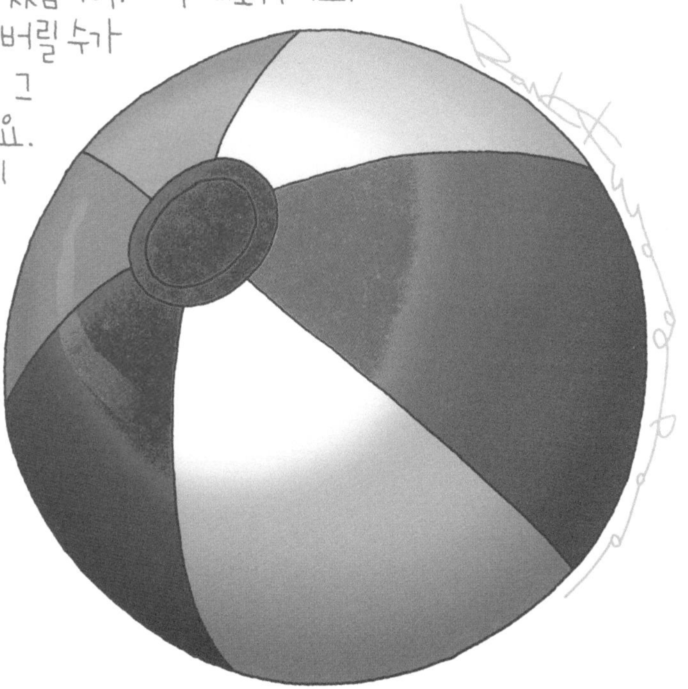

당신이 기뻐하거나,
당신이 슬퍼하거나,
당신이 행복해하거나,
당신이 불행해하거나,
세상에는 아무런
영향도 없겠지만,
나에게는 전부인 당신.

찌륵찌륵.

–

나는 더듬이가 없어요.
그래서 내 미래를 알 수 없지요.

나는 더듬이가 없어요.
그래서 당신이 어디에 있는지를 몰라요.

나는 더듬이가 없어요.
그래서 아직도 과거에 갇혀
찌륵찌륵 울면서 당신을 찾는 건지도 몰라요.

세상에서 가장 따뜻한
옷은 사람이래요. 그래서 추운 날
누군가를 안으면, 몸은 물론이고 마음까지
따뜻해지는 것이 사람이래요.
결국 우리들은 누군가의
옷인지도 몰라요.

단벌 신사.

–

단벌 신사.
이제 내 인생의
옷이라고는
단 한 벌 뿐이야.
그래서 난
늘 매일 같은 옷을
입지.

오직 당신이라는
옷.

1/8,140,000
우리가 로또에
당첨될 확률.

1
606,758,400,000,000
지구에서 우리가 만날 수
있는 확률. 로또보다 더 어려운
확률을 뚫고 만난 사이.

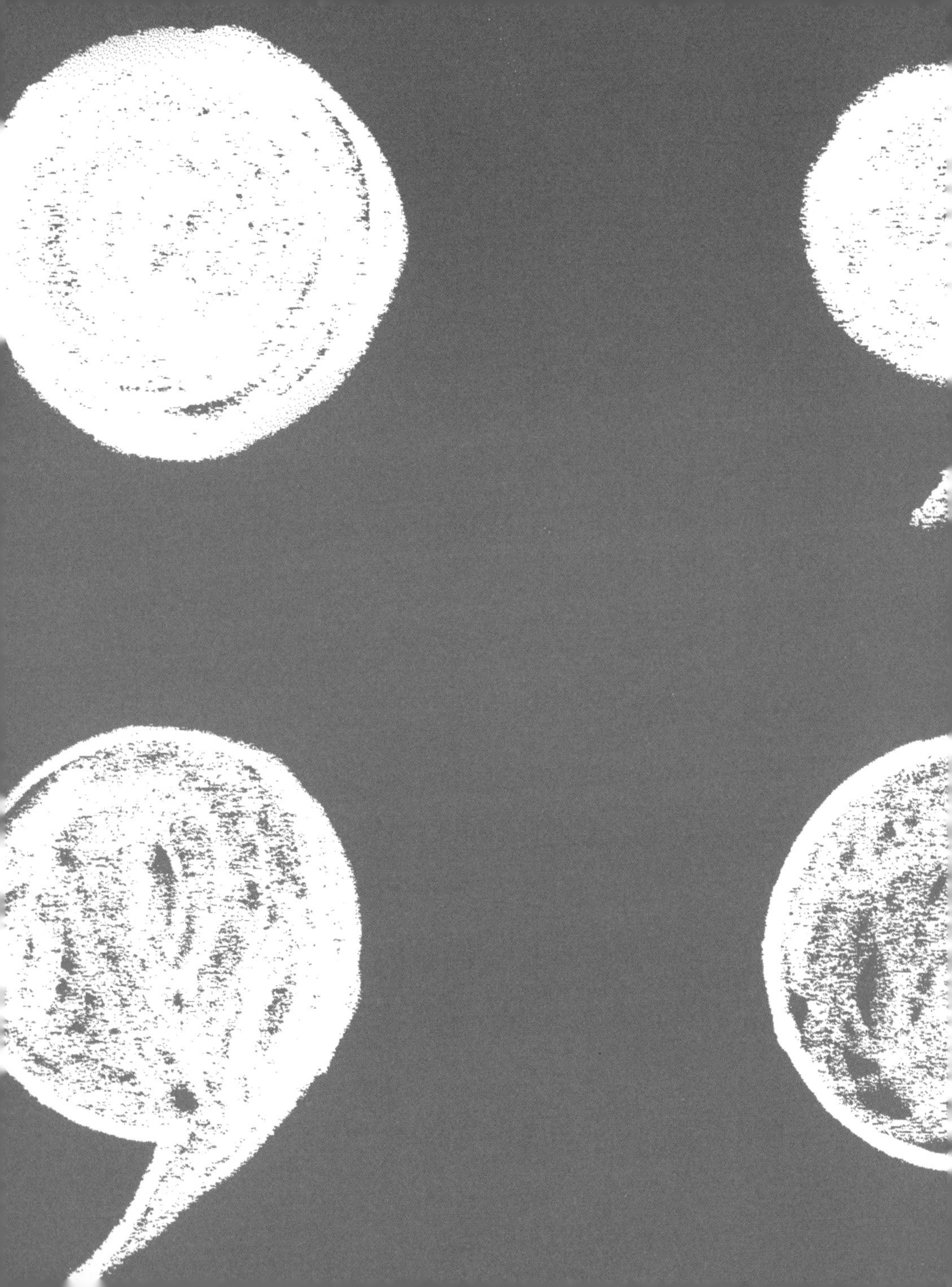

5

참, 좋은, 날들.

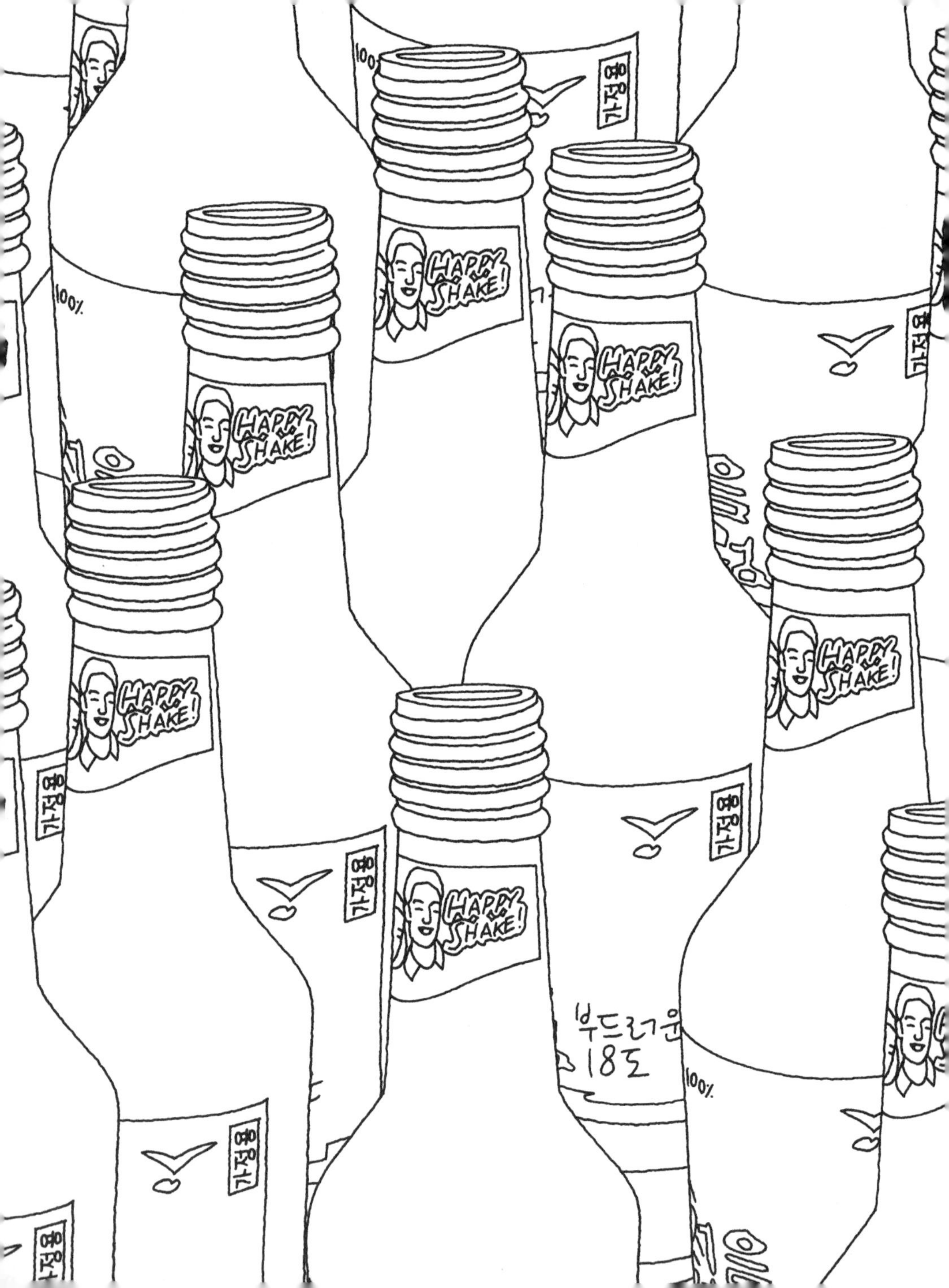
HAPPY SHAKE!
100%
부드러운
18도

HAPPY SHAKE!
100%

다시 돌아가고 싶어.
싸구려 장난감 하나에도
온 세상이 내 것 같았던
그 시절로.

그 시절의 자장면 .

–

어린 시절 엄마가 셋째 형과 함께
머리를 자르고 오라고 돈 500원을
손에 꼭 쥐어주셨다.
그 시절 자장면 가격이 150원.
형과 함께 자장면을 먹기 위해서는
두당 250원씩을 받고 머리를 예쁘게
다듬어주는 시설 좋은 이발소 대신,
쥐 깎아 먹은 것처럼 머리를 깎아주지만
두당 100원씩인 시장 입구의 우락부락한
아저씨에게 체념하고 머리를 맡겨야만 했다.
입가에 자장면 양념을 범벅으로 묻힌 채로
엄마에게 어디서 머리를 깎은 거냐고 타박을 듣던
그 시절, 그때로 돌아갈 수만 있다면
나는 언제고 내 머리를 그때 그 우락부락하고
성의 없이 깎아주던 그 아저씨에게 맡길 수 있다.

지금의 형은 모르겠지만,
지금의 나는.

세상에는 완전히 나쁜 말이나
완전히 좋은 말은 없다. 싸가지 없다는
말은 눈치 보지 않고 소신 있게 말한다는 뜻이
포함되어 있고, 사람 좋다는 말은
우유부단하다는 뜻일 수도 있다.
이처럼 장점과 단점은 동전의 양면 같아서
어느 면을 어떤 시각으로 보느냐에 따라서
장점일 수도 단점일 수도 있다.

장점과 단점.

–

누구에게나 장점과 단점이
함께 있는 법이다.
온전히 단점만 지닌 사람도 없으며,
온전히 장점만 지닌 사람 또한 없다.

하지만 이런 사람들이 있다.
장점이 단점보다 많지만 단점이 너무 커서
자신의 장점을 다 덮어버리는 사람과
단점이 장점보다 많지만 장점이 너무 커서
자신의 단점을 다 덮어버리는 사람.

당신은 어떤 사람인가?

여행을 떠날 때, 첫 번째 하는 일은
짐을 싸는 일입니다. 짐을 싸면서
여행지에 대한 기대감은 최고조에
이르게 됩니다. 반면 여행지에서
돌아오는 날에도 마찬가지로 짐을 싸게 됩니다.
돌아오는 짐을 싸며, 현실로 돌아온다는 낙담보다
현실로 여행을 떠난다고 생각하면 어떨까요?
그렇게 한다면 우리의 일상이 조금은 더
즐거워지지 않을까요?

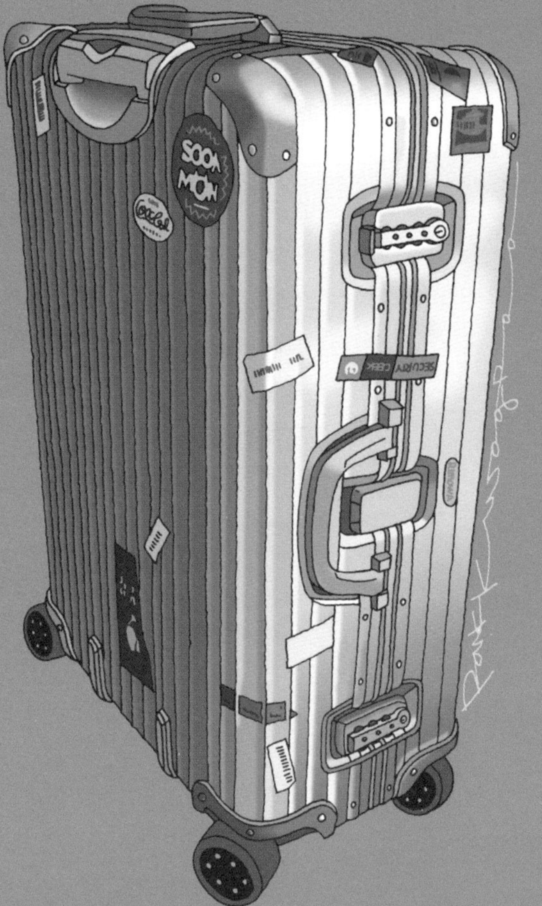

길 위에서 길을 물어보다.

–

그 때 나는 길을 잃었다고 생각했어.
수많은 갈림길 중
언제나 내가 걷고 있는 길은
잘못 들어선 길이라고 생각했어.
왜 이 길을 걷고 있을까?
왜 이 길을 선택 했을까?
수백 수천 번을 되뇌이며
돌아갈 수 없던 나날들을 원망했지.
하지만 모든 것은 나의 결정,
아무도 탓할 수 없었어.

길이 아닌 길을 걷고 걸어 이곳에 도착하여 생각하니
그 모든 일들이 여기까지 오기 위한 길이었나봐.
아무리 생각해도 그렇게밖에
생각이 안 돼, 지금은.

분명한 일은 길을 잃었다고
생각한 그 때도 나는 분명
길 위에 있었다는 거야.

말할 때마다
입 밖으로 튀어나오는 침을
우리 이제 '침'이라고 부르지 말아요.
이제 '씨앗'이라고 불러요.
우리가 말할 때마다 우리 입 밖으로
튀어나가는 씨앗들 중, 어떤 씨앗은
당신의 정원을 가득 채워줄 꽃이 될 것이고
또 어떤 씨앗은 화근이 되어 당신을
두고두고 괴롭힐 거예요.
꽃만, 오직 꽃만 피울 씨앗을 뿌려요.
당신의 정원이 꽃으로만 가득하도록.

선택하렴.

–

너는 노년에 꽃밭에 누워서
즐거운 마음으로 하늘을 보고 싶어,
아니면 더러운 쓰레기장에 누워서
낭패를 본 심정으로 하늘을 보고 싶어?

선택하렴.
지금 네가 뿌린 것들 위에
노년에 네가 눕게 될 것이니까.

유언처럼 살아요.
하루하루를 유언처럼 살아요.
영원히 살 것처럼
하루를 살면, 천 년을 살아도
그 삶은 단단하지 않을 거예요.
유언처럼 살아요.
한 치의 거짓도 없이
오직 진실한 마음으로.

유언.

–

아들, 날 닮지 마라.
얼굴과 손끝이야 어쩌겠냐마는
네 애비의 살아가는 방법까지 닮는다면
필경 생애도 닮는 법.
그렇다면 살아가는 내내 힘이 들 것이니
얼굴과 손끝의 닮음만으로 혈육임을
확인하고 살자.

미안하고 미안하다.
너에게 용서 받아야 할 것이 많은 나는
길을 가다 경찰서만 보면 문뜩 자수하고 싶다.
온전한 삶을 살기 위해서는 나의 것들 중
어느 하나 닮지 마라. 너에게 어느 것 하나
유산으로 물려주지 못했지만, 미욱한 내 삶을
유산으로 물려주고 싶지 않은 당부의 말이다.
미안하고 또 미안하다.

동네 슈퍼에서
소주가 1,150원이다.
한 병이면 아쉽고
두 병이면 기분이 좋다.
내 손에 3,450원만
있으면 더 없이 좋다.
나는 3,450원의 통행료를
내고 기꺼이 천국에 간다.

술 마시기 좋은 어느 날.

–

술을 한 잔 마시고
떨어진 꽃잎을 술병에 붙이고,
또 한 잔을 마시고
다른 꽃잎을 또 술병 옆에 붙이고,
내가 몇 잔을 마셨는지
잊어버리지 않게
꽃잎으로 내가 마신 잔을 헤아립니다.

기분에 취해 깜박 잠들었는데
꽃잎이 나를 덮고 있구료.
내가 잠든 사이에도 꽃은
술의 잔을 세었나봅니다.

"그냥 전 정말 죽을 만큼 노력했단 걸
이야기 하려는 거였어요.", "말은 제대로 하자.
넌 노력하지 않았어. 넌 징징대는 거야."

영화 '악마는
프라다를 입는다'

무의미한 다짐.

_

다시 태어나면
어떤 삶을 살 것이라는
스스로의 다짐이나 생각만큼
무의미한 시간은 없다.
또 무의미한 행위를 반복하는 것만큼이나
어리석은 일 또한 없는 것이고.
우리가 해야 할 일들은
그저 생의 마지막 순간까지
최선을 다하는 삶인 것이다.
다 쓰이지 못한 개비 성냥이나
완전 연소하지 못한 라이터가 되지 말라.

그 어떤 무의미한 것들에
천착하지 말고.

한계란, 종교의
믿음 같은 것이다.
한계가 있다고
스스로 믿는 순간,
한계가 생기는
법이다.

꺼져라!
내 인생의
모든 나쁜 일들.

누군가의 마지막 한 달.

–

착하지 않은 사람들이
12월, 구세군 앞에서 착해진다.
아무에게도 편지를 쓰지 않던 사람들이
12월, 누군가에게 편지를 쓴다.
12월은 그렇다.
착하지 않은 사람들이 착해지고,
편지를 쓰지 않던 사람들이 편지를 쓴다.
12월이 그래서
1월보다 따뜻하다.

꽃이 진 다음에도
또다시 꽃 피는 마음처럼.

앞으로 나아가는 모든 것들은 흔들린다.

–

버스를 타면 모든 것이 흔들리지.
버스에 올라 탄 나도 흔들리고
버스의 손잡이와 버스 안의 모든 것들이 흔들리지.
평소보다 길이 험한 경우에는
더 많이 흔들리는 것은 지극히 당연한 일이야.

길을 가는 동안은
흔들림이 싫어도 어쩔 수 없는 일이라고.
그러니 이봐, 잘 생각해봐.
버스가 너의 바람대로 흔들림이 없는 경우는
멈춰 서 있을 때밖에 없는 거야.
그리고 멈춰 서 있다는 것은
그 어떤 곳으로도 갈 수 없다는 뜻이기도 하지.
목적지로 가기 위해서는 누구나 흔들리기 마련이야.

흔들림이 싫다고 버스에 내려서는
원하는 목적지까지 갈 수 없는 거라고.

길을 잃었다고 착각하지 마라.
네가 잃었다고 생각하는 길은
그저 많은 사람들이 다니던
길목일 뿐이다.
?

분해하라.
오늘 치지 못한
공에 분해하고,
오늘 잡지 못한
공에 분해하라.
그러지 않는다면
당신은 그 공을 내일도
치지 못할 것이고,
그러지 않는다면
당신은 그 공을 내일도
잡지 못할 것이다.

최선의 삶.

–

아무것에도 최선이지 못해서
모든 것에 실패한 다음
어쩌면 우는 일이 최선일 수도 있겠다.
그래 울어라.
우는 것만큼이라도 최선을 다해서
목 놓아 울어라.
그래야 너도 살면서 무언가에는
한 번쯤 최선을 다했노라고
말할 수 있을 것이니 말이다.

꿈만 있다면
아직 시들지 않은 거야.
꿈은 사막의 죽은 나무도
꽃을 피우게 하지. 너도 꿈만
잃지 않는다면 꽃을 피우는
나무가 될 거야.

바보들의 착각.

–

바보들은 말한다.
꿈이 어느 사이 사라져버렸다고.
꿈이 어느 사이 자신에게서
도망쳐버렸다고.

꿈은 스스로 누군가에게로부터
도망치는 경우가 결코 없다.
누군가가 자신이 간직했던
꿈으로부터 도망치는 것이다.
바보들의 오류,
바보들의 착각.

대만에서는 자폐아동을
'씽씽얼'이라고 부른다.
우리말로 바꾸면
'별에서 온 아이'이다.
자폐아동이란 표현보다
일억만 배 이쁘고
멋지다.

결국 우리들은 모두.

–

연세대학교 명예 교수로 계신 김동길 교수님께
오토바이 사고로 걷지 못하게 된 클론의 강원래 씨가 물었다.
자신은 사고로 걷지 못하게 되었고, 결혼은 했지만 그 사고로 인해
아이를 가지지 못하다가 인공수정을 통해 결혼 10년 만에 아이를 가지게
되었다고 말했다. 그리고 자신을 닮은 어린 새 생명을 가진다는 것은
매우 축복 받을 일이지만, 자신이 장애인이어서 장애인을 부모로 둔
자신의 아이가 자라나는 과정에서 다른 이들에게 상처를 받지 않을까 하는
생각에 걱정스럽고 두렵다고 솔직한 질문을 던졌다. 그의 질문을 받은
김동길 교수님은 잠깐의 망설임도 없이 대답했다.

"우리들은 나이가 들어서 늙으면 모두 몸이 불편한 장애인이 돼요.
단지 강원래 씨는 사고로 먼저 장애인이 된 것뿐이지요.
그러니 걱정할 것도 부끄러울 것도 없는 일이지요."

김동길 교수님의 말을 들으니 저절로 고개가 끄덕여졌다.

위험은 항상
가능성으로 위장한다.
푹!

사람들은 큰 돌산에서는
넘어지지 않는다. 그 위험성을
충분히 잘 알기 때문이다. 정작
사람들은 눈에 잘 띄지 않는
작은 돌에 걸려 넘어지곤 한다.

부끄러움을 안으며.

_

사람들은 자신의 부끄러운 과거와
마주하면 본능적으로 외면하거나 피해버린다.
아파서일 수도, 힘에 겨워서일 수도 있을 거다.
하지만 과거와 현재는 언제나 연결되어 있는 법,
피한다고 쉬이 피할 수 없다.
그러니, 피하려 말라.
내 부끄러운 과거에서 도망치려 할수록
더 거기에 메이고 말 터이니,
내 부끄러운 과거를 외면하려 할수록
더 선명해지고 또렷해질 터이니.

괜찮다. 괜찮다.
다 지난 일이다.
스스로 먼저 용서하고,
당당하게 마음으로 안아라.
떨칠 수 없는 부끄러움을 당신 가슴으로 안아라.
치 떨리는 부끄러움을 당신 가슴으로 안아라.
그리하면, 부끄러운 과거는 다짐이 될 것이고,
그 다짐이 미래를 바꿔줄 테니.

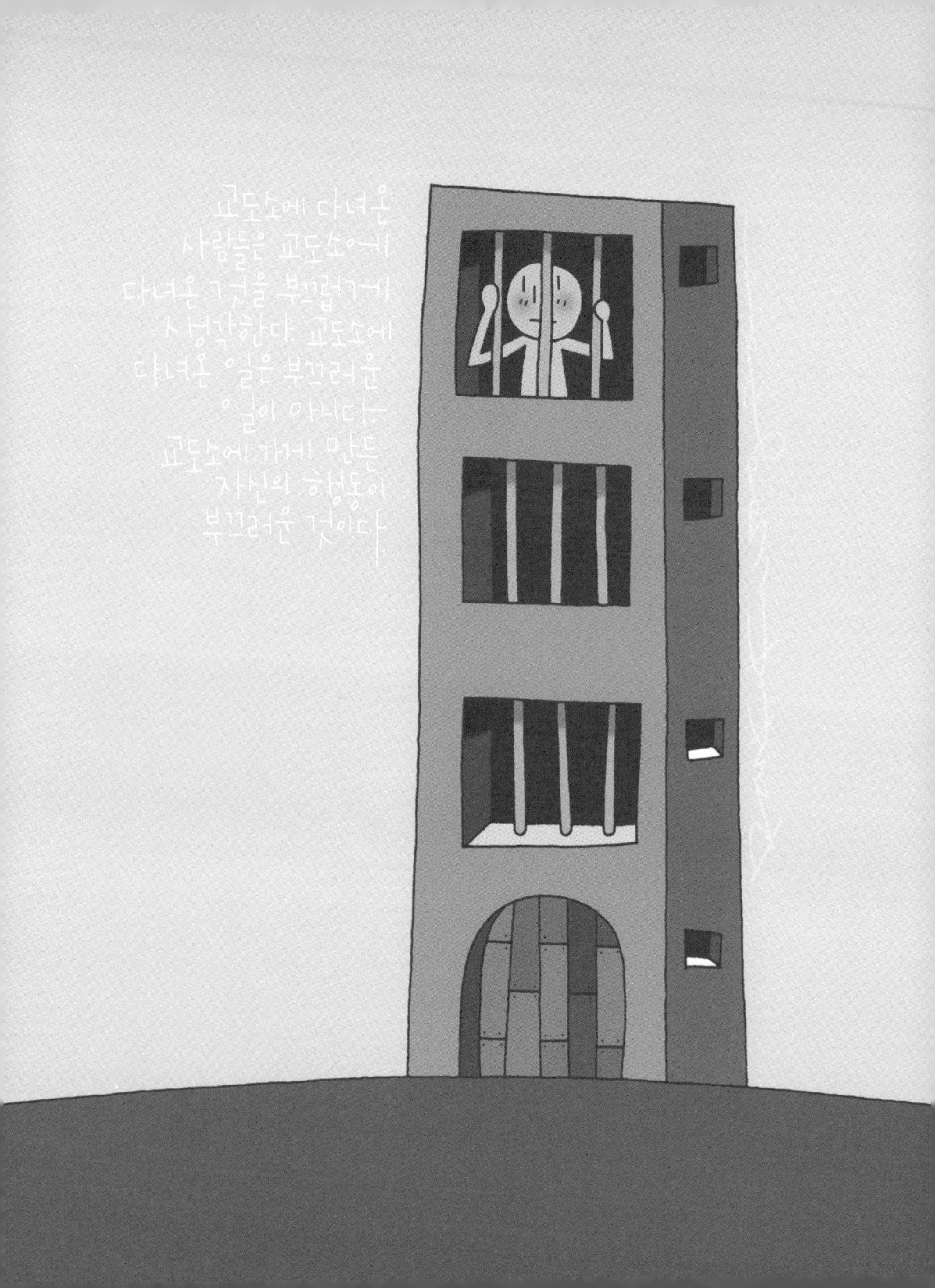
교도소에 다녀온
사람들은 교도소에
다녀온 것을 부끄럽게
생각한다. 교도소에
다녀온 일은 부끄러운
일이 아니다.
교도소에 가게 만든
자신의 행동이
부끄러운 것이다.

!
다음 단계로
들어가는 문은 늘
좁고 낮다. 그래서
그 문을 통과하기
위해서는 몸을 웅크리고
허리를 굽혀 머리를 낮춰야
한다. 그 문을 통과하면 허리도
펴고 고개를 들 수 있지만, 항상
그때의 태도를 잊지 말아야 한다.
몸을 낮추고 늘 겸손한 태도, 그것만 잃지
않는다면 다음 단계의 문도 쉽게
통과할 수 있다.

새겨 들으라.

–

단언컨대 난 단 한 번도 촬영장에 늦게 간 적이 없다.
'쟤보다 네가 먼저 나가면 네가 지는 거야'라고 말하는 기획사들이 있다.
그런 소리하는 사람은 맞아야 한다. 현장에 먼저 나가서 감독과 스텝들에게
인사를 나누고 현장의 공기, 세트의 질감을 느끼면서 외워두었던 대본을
다시 한 번 생각하며 걸어봐야 한다. 그게 왜 부끄러운 일인가?
배우라면 오감을 고급스럽게 만들어야 할 필요가 있다.
훌륭한 창작물을 많이 접해야 하며, 돈이 생기면 성형하지 말고 좋은 공연을
보기위해 공연장에 가야 한다. 배우는 외형적인 것보다 자신의 내면을
업그레이드하는 데 돈을 써야 한다. 진짜는 흔하지 않고 귀하다.
배우는 스스로를 귀하게 만들어야겠다는 자존감이 있어야 한다.
'나는 예술가다, 나는 배우다.' 남이 날 그렇게 알아주기 전에 내가 스스로를
그렇게 만들어야 한다. 예쁘고 매력적으로 보이려고만 애쓰지 마라.
그런 것에 애쓰기보다는 감정을 정확히 짚으려고 노력해야 한다.
테크닉이 좀 투박하고 세련되지 못하면 어떤가. 본질로 돌아가야 한다.
울면 당연히 눈 밑이 씰룩거리고 본디 콧물이 나는 것인데
어떤 배우들은 콧물이 흐르면 질겁한다. 그게 어때서?
난 그런 것에 충실해야 한다고 생각한다. 배우는 모델이 아니다.
하려면 제대로 하고, 안할 거면 다른 사람에게 피해 주지 말고 일찌감치 때려 치워라.
나도 후배들에게 이런 말을 하면서 스스로를 재무장한다.
훌륭한 배우가 되기까진 엄청난 고통이 뒤따른다. - 배우 최민식 -

배우 최민식 님이 한 말이 비단 연기자에게만 통용되는 일인가?
우리도 한 번쯤은 곱씹으며 생각해봐야 할 말.

내 슬픔을 아무에게도 알리지 말라.
난 이순신 장군도 아닌데, 자꾸만
슬픔을 감춘다. 내 가슴에 박힌
화살만이 내 슬픔을 알아챘다.

내가 슬픈 이유.

–

혼자 있어서 외로운 것이 아니다.
외로워서 슬픈 것이 아니다.
내가 슬픈 것은
나 아닌 누군가가 내 외로움을
알아챘기 때문이다.

창밖의 사나운 바람이
나무의 머리채를 잡아
흔들고 있다.

날 찾지 마라.

–

날 찾지 마라.
난 이제 너와 영원히
이별을 고하련다.
나를 찾기 위해서
예전에 내가 살던 곳에서도
기웃거리지 말고
내 행방을 수소문도 하지 마라.

나는 이제 너를 떠나
너와의 모든 인연을 끊고
살 것이니 두 번 다시는
날 찾지 마라 절망아.

너와 헤어진 후일담을
희망을 만나 전하마.

나는 희망을
좇고 있고,
절망은 나를
좇고 있다.
나는 더 열심히
세상을 헤쳐나가야 한다.

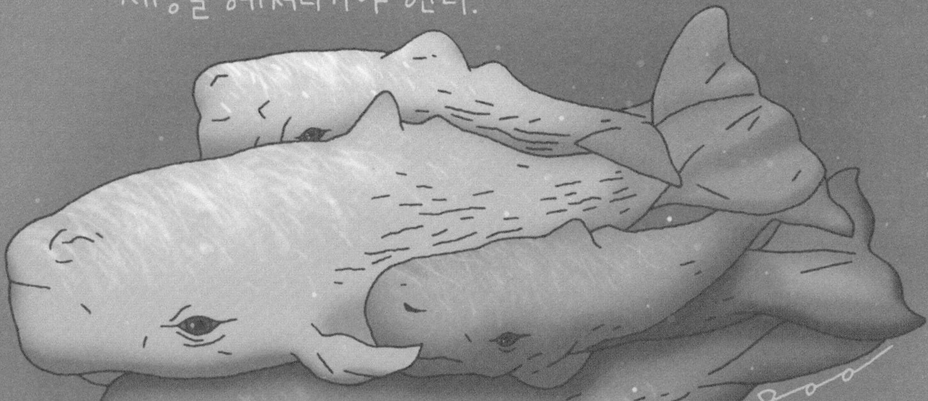

히든 카드는
솔직함이다.
나머지 카드는
버려라.

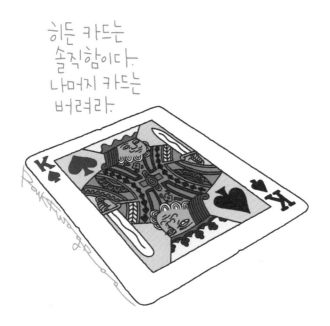

히든카드.

–

카드는 모두
52장으로 이루어져 있다.
승부를 결정지을 때 52장의 카드가
전부 필요하지는 않다.
내게 필요한 몇 장의 카드
혹은 단 한 장의 카드면 된다.

난 사람을 만날 때
단 하나의 카드만 지니고 만난다.
솔직함이라는 카드.
다른 카드가 불필요한 것은 아니지만
솔직함이라는 카드만큼 유용하지는 않다.

돈이 없어서 슬퍼?
돈이 없어서 할 수 있는
것이 없어?
둘러봐, 세상에는
공짜가 널려 있어—.
들판의 시원한 바람 공짜.
봄날 벚꽃의 화사함 공짜.
친구의 밝은 미소 공짜.
어느 한적한 시골길의
맑은 공기 공짜.
어딜 가더라도 대여료가
없는 내 두 발도 공짜.
가슴을 철렁 내려
앉게 만드는
저녁 노을 공짜.
즐기고 누릴 것은 많아.
그러니 징징대지마—.

신상.

–

어느 날 고수부지에 만난
친구가 몰고 나온 삐까뻔쩍한 자전거,
너 그거 어디서 났니?

어린 시절 동네 골목에서 친구가 입에 물고 있는
처음 보고, 먹어보지 못한 상어 모양의 아이스크림,
너 그거 어디서 났니?

맞춤법도 간신히 아는 친구의 가슴 포켓에
꽂혀 있는 꽃잎 문향이 새겨진 비싸 보이는 만년필,
너 그거 어디서 났니?

모임에서 만난 첫사랑 그녀가
아들이라고 데려온 말썽쟁이 꼬마,
너 그거 어디서 났니?

부럽지만 내 것이 아닌 것들,
너 그거 어디서 났니?

승패를 가리는 게임을
제외하고는 아무것에도
이길 필요 없어.
인생이라는 게임은
승자를 가리는
게임이 아니니까.

멘토.

–

멘토의 시대이다.
멘토가 없었던 시대는 없었지만
멘토가 이렇게 넘쳤던 시대도 없었다.
누군가에 의해서 멘토로 불려지고
누군가는 스스로를 멘토라고 자청한다.
자신들도 깨우치지 못했는데,
누군가를 가르치려 드는 세상이다.

성공에 목마른 사람들은 누군가의
성공담에서 자신의 답을 찾으려고 한다.
하지만 난 내 주변 사람들이 무언가를 하기 위해
조언을 듣고 싶을 때는 그 일에 실패한 사람을 찾아가
그의 실패담을 들으라고 권유한다.
세상 대부분의 성공담에는 과장과 허세가
포함되어 있는 경우가 많다. 반면 실패담에는
냉철한 자기반성과 실패 후에 왜 실패했는가에 대한
명확함이 있어 누군가의 허세 섞인 성공담보다
훨씬 배울 것이 많다.

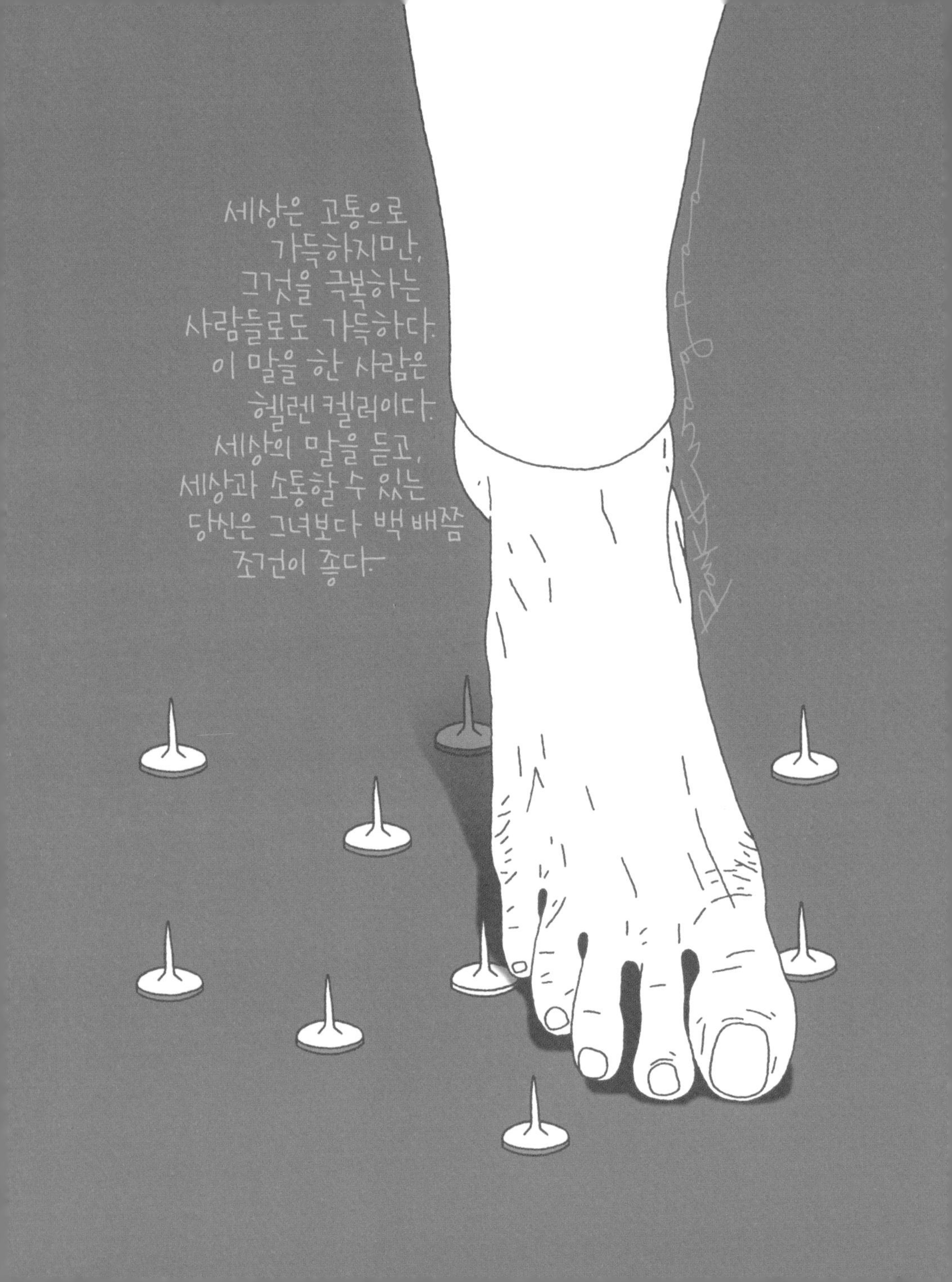
세상은 고통으로
가득하지만,
그것을 극복하는
사람들로도 가득하다.
이 말을 한 사람은
헬렌 켈러이다.
세상의 말을 듣고,
세상과 소통할 수 있는
당신은 그녀보다 백 배쯤
조건이 좋다.

문학가.

–

만화를 그리고 책을 내며
내 책 속에 되도 않는 글로
간신히 백지의 면을 채운다.
글을 잘 썼으면 좋겠다는
간절함 속에서 우연히
존경하는 문학가를 만나 질문한다.
좋은 글을 쓰려면 어떻게
해야 하나요?

글은 머리나 손으로 쓰는 것이 아니야.
엉덩이로 쓰는 거지. 엉덩이가 짓물러질 때까지
엉덩이를 의자에 붙이고 쓰고 또 쓰는 거야.
그렇게 오랜 시간 하다 보면 언젠가는 네가 원하는
좋은 글을 쓸 수 있게 되는 것이야.

역시 시간을 이길 수
있는 것은 아무것도 없다.

쿵쾅쿵쾅, 심장이 뛰는
일을 해. 돈은 조금이어도 괜찮아.
살아있다는 것을 느끼는
그 순간을 위해 살아.

지금 하기 위해 필요한 것.

–

개그맨 박명수가 말한다.
'늦었다고 생각할 땐 이미 늦은 거다'라고.
맞다, 누군가를 사랑한다고 고백하는
시간 또한 무한정으로 주어지지 않는다.
쑥스럽다며 다음에 하겠다며 미루고
내가 말하지 않아도 자신의 마음을
상대방이 알 것이라고 생각하며 또 미룬다.
상대방이 초능력이 있지 않는 이상은
당신이 말하지 않으면 알 수 없는 것이다.
사랑한다는 말, 고맙다는 말, 감사하다는 말,
기회가 있을 때 그때 해야 하는 것이다.
어쩌면 지금이 바로 그때다.
용기내라.

당신은 내일을 열 수 있는
열쇠를 가지고 있나요?
내일을 열 수 있는 열쇠를 지닌 사람은
아무도 없는데, 자신의 생이 내일도 모레도
그리고 그 다음 날도 열릴 거라고 막연하게
믿으며 살아가는 것이 우리들입니다.
하지만 어쩌면 오늘이 생의 마지막 날일수도
있는데, 사랑한다는 말을 지금이 아니어도
내일도 모레도 할 수 있는 시간이 있다고 믿으며
하루하루 뒤로 미루며 살고 있는건 아닐까요?
사랑하는 사람에게 더 이상 미루지말고
사랑한다고 말하세요.

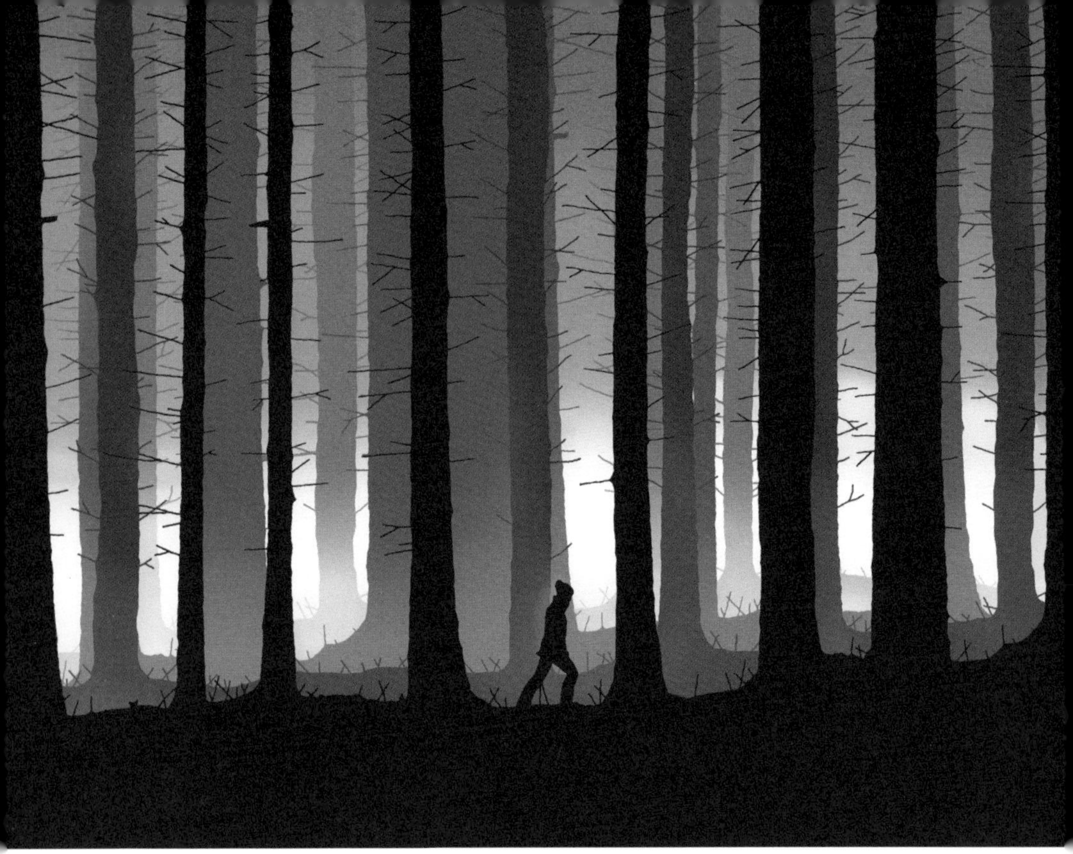

내가 열심히 살았는데, 지금 이 모양 이 꼴이라면 나중에 보상 받을 거야.
난 대충대충 살았는데, 지금 이렇게까지 되었다면 후일 다 잃을 거야.
왜냐하면, 신은 실수하지 않으니까.

마포대교 난간에는 이런 글귀가 쓰여져 있습니다. ' 지금 당신에게 필요한 것은 마침표가 아니라 쉼표입니다 '

어쩌면,
어쩌면,
어쩌면,

—

1판 1쇄 발행 2014년 7월 5일
1판 14쇄 발행 2017년 4월 10일

—

지은이 박광수
펴낸이 고영수

경영기획 고병욱 **기획편집** 윤현주, 장지연, 이은혜
마케팅 이일권, 이석원, 김재욱, 곽태영, 김은지 **디자인** 공희, 진미나, 김경리 **외서기획** 엄정빈
제작 김기창 **총무** 문준기, 노재경, 송민진 **관리** 주동은, 조재언, 신현민

—

표지 및 본문 디자인, 캘리그라피 이유미 @ MILLA ARIWAN

—

펴낸곳 청림출판
등록 제1989-000026호
주소 135-816 서울시 강남구 도산대로 38길 11(논현동 63)
413-120 경기도 파주시 회동길 173(문발동 518-6) 청림아트스페이스
전화 02) 546-4341 **팩스** 02) 546-8053
홈페이지 www.chungrim.com **이메일** cr1@chungrim.com

—

ISBN 978 - 89 - 352 - 1011 - 4 03810

—

잘못된 책은 교환해 드립니다.

—

박광수

朴光洙

–

twitter @kwangsoo69

email pks69@hanmail.net

line bborie69

–

우리의 삶과 일상, 사람들의 이야기를
공감 깊은 감수성으로 담아내는 만화가.
단국대 시각디자인과를 졸업했으며,
지은 책으로 『광수생각』, 『광수 광수씨 광수놈』 등의 만화책과
『그때 나를 통과하는 바람이 내게 물었다. 아직도 그립니?』,
『무지개를 좇다, 세상 아름다운 풍경들을 지나치다』,
『참 서툰 사람들』, 『해피엔딩』, 『나쁜 광수생각』 등이 있다.